rororo

Martin Walser, 1927 in Wasserburg geboren, erhielt für sein literarisches Werk zahlreiche Preise, darunter 1981 den Georg-Büchner-Preis, 1998 den Friedenspreis des Deutschen Buchhandels und 2015 den Internationalen Friedrich-Nietzsche-Preis. Außerdem wurde er mit dem Orden «Pour le Mérite» ausgezeichnet und zum «Officier de l'Ordre des Arts et des Lettres» ernannt.

«Einfach lesen und staunen!»
Claudio Armbruster, ZDF heute-journal

«Das innere Selbstporträt eines Dichters schlechthin (...) Es ist die Summe von Martin Walsers Kunst.»
Jens Jessen, Die Zeit

«Ein ästhetisches Abenteuer (...) eine tolle Schriftbühne, die Martin Walser für sein Ich, für sein Selbstgespräch eröffnet.»
Ijoma Mangold, 3sat Kulturzeit

«Walser inszeniert sein neues Buch wie einen Boxkampf (...) Ein Meisterwerk.»
Denis Scheck, ARD Druckfrisch

«Eine Art Schlussstrich-Prosa von ungeheurer Intensität (...) ein Buch voller Lebensweisheiten und philosophischer Sentenzen.»
Peter Mohr, Südwest Presse

«Jetzt endlich entstehen die Sätze pur. (...) Es ist ein Denken in Bewegung (...) Mehr geht nicht.»
Jörg Magenau, Deutschlandradio Kultur

Martin Walser

Statt etwas
oder
Der letzte Rank

Roman

Rowohlt Taschenbuch Verlag

Veröffentlicht im Rowohlt Taschenbuch Verlag,
Reinbek bei Hamburg, Mai 2018

Umschlaggestaltung any.way, Walter Hellmann,
nach einem Entwurf von Frank Ortmann
Umschlagabbildung Claus Alwin Vogel/Getty Images
Satz aus der Stempel Garamond, InDesign
Gesamtherstellung CPI books GmbH, Leck, Germany
ISBN 978 3 499 29130 2

Statt etwas
oder
Der letzte Rank

rank, m. *wendung, drehung*

1. *schweiz.* **rank**, *wendung, krümmung des weges*
2. **rank**, *namentlich auch im wettlaufe und bei der jagd, die wendung, die der verfolgte nimmt, um dem verfolger zu entgehen*

aus: Deutsches Wörterbuch von
Jacob und Wilhelm Grimm

I

Mir geht es ein bisschen zu gut. Seit dieser Satz mich heimsuchte, interessierte ich mich nicht mehr für Theorien. Alles Besitzergreifende mied ich mühelos. Das war mein Zustand: Ich merkte, dass mich auch das Umständliche nicht mehr interessierte. Dazu war ich von selbst gekommen. Glaube ich. Genau weiß ich nichts. Zum Glück war das Bedürfnis, etwas genau wissen zu wollen, erloschen. Molière habe gegen die Jesuiten geschrieben, sagte der berühmte Professor. Dann der weniger berühmte Professor: Molière habe nicht gegen die Jesuiten geschrieben, sondern gegen die Jansenisten. Und ich habe das nicht gemerkt, nicht gewusst. Das war die Erzverführung zu allem: etwas genau wissen zu wollen. Damit hat die Welt sich eingenistet in dir. Du warst nicht mehr du, sondern der, der alles genau wissen wollen musste. Es kommandierten die Theorien, jede mit einem Extra-Erlösungsversprechen. Allmählich waren diese Verführungsfeuerwerke der Theorien erloschen.

Dass mir dieses Geständnis entschlüpft, kommt mir nachgerade mutig vor. Kann etwas, das einem passiert ist, mutig sein?

Auch wenn ich mich nicht mehr für Theorien interessierte, konnte ich doch sagen: Theorien sind großartig. Eine Theorie, das ist ein Gebäude mit vielen Zimmern, und in allen Zimmern brennt Licht. Und in allen Zimmern tanzt der, der das alles erdacht und gemacht hat. Ich hätte den Schöpfer einer Theorie nie einen Theoretiker genannt. Er tanzt doch, um angeschaut zu werden. Obwohl er mit jeder Theorie etwas beweist, will er noch mehr als etwas sich beweisen. Jede Theorie musste so tun, als meinte sie mich. Und das um meinetwillen. Wenn die Theorie zugegeben hätte, dass sie sich meint, hätte ich mich, weil sie mir dann geglichen hätte, wieder für sie interessieren können. Wenn ich's mir leichtmachen wollte, sagte ich einfach: Theorie ist eine zweite Sprache für eine erste. In der ersten Sprache gibt es alles von selbst. Die zweite Sprache ist die Lebenseinschränkung durch das Für-wahr-halten-Müssen. Das Wahrheitsgewerbe! Der Inbegriff dieses Gewerbes: die Theorien.

Ich habe das nicht beobachtet, gar registriert. Nur sehr nachträglich kam es mir vor, als sei alles so allmählich vor sich gegangen, dass ich es nicht bemerken konnte. Irgendwann musste ich feststellen, dass ich nicht mehr so lebte, wie ich immer gelebt hatte.

Auf einmal hatte ich nichts mehr gegen Wunder. Das war auch so eine Empfindung, die ich nicht immer gehabt haben kann. Ich wartete nicht darauf. Aber ich hätte jedes Wunder begrüßt. Das empfand ich deutlich. Da meldete sich ebenso deutlich die Empfindung, dass ich nicht auf Wunder wartete. Wenn ich mir das nicht glauben konnte, rutschte ich einen steilen Hang hinab, ein Objekt der schlimmsten Anziehungskraft, die man Sehnsucht nennt. Da hörte ich mich aber gleich sagen: Zu träumen genügt.

Das ist der Satz, den ich mich öfter sagen hörte. Zu träumen genügt.

Mir geht es ein bisschen zu gut.

Dass ich noch Sätze brauchte, war kein gutes Zeichen. Erstrebenswert wäre gewesen: Satzlosigkeit. Ein Schweigen, von dem nicht mehr die Rede sein müsste. Und ich hörte mich sagen: Unfassbar sein wie die Wolke, die schwebt.

Das war einer der Sätze, die mir den Wesenswunsch zu verstummen aufschiebbar machten.

Unfassbar sein wie die Wolke, die schwebt.

Das ist der Zustand, der unter irdischen Bedingungen als der höchste Zustand empfunden wird. Von mir.

Sobald aber etwas, was ich dachte, den Rang oder den Charakter eines Gebots oder eben eines Wunsches annehmen wollte, reagierte mein von Notwendigkeiten erzogenes oder auch gedrilltes Wesen mit: Zu träumen genügt.

Unfassbar sein wie die Wolke, die schwebt.

Und fühlte mich gebettet auf alle Blütenblätter des Organuniversums, also in der trügerischsten Leichtigkeit, in der Schwerelosigkeit selbst. Eine erdachte Schwerelosigkeit. Ich lebte, soweit ich lebte, von Erdachtem.

Unfassbar sein wie die Wolke, die schwebt.

Ich will nicht so tun, als hätte ich dann aus großer Höhe niedergesehen auf das Interessengewusel. Aber dass ich für die da drunten gegen einander um mich kämpfenden Interessen nicht mehr erreichbar war, erlebte ich doch. Und ich musste dann zugeben: Mir geht es ein bisschen zu gut.

Wenn mir daraus ein Vorwurf erwachsen wollte, schaltete das System, das ich war, sofort um auf: Zu träumen genügt. Dann allerdings atmete ich auf. Atmete ich durch. Atmete ich.

Das Geständnis, dass ich atmete, habe ich bisher vermieden. Das heißt nur, dass ich nicht vorstellbar werden will. Das ist mein Dilemma. Einerseits nicht verstummen können, andererseits nicht vorstellbar werden wollen. Kein Interesse erwecken. Dann wäre ich ja auch so eine Möchtegern-Attraktion gewesen wie jede Theorie.

2

Ich weiß nicht, ob es für oder gegen mich spricht, dass ich nicht mutlos war.

Ich hoffe mehr, als ich will.

Das war dann doch mein nächster Satz: Ich hoffe mehr, als ich will.

Ich konnte mich nicht zusammenfalten wie ein Blatt Papier, das man wegwerfen darf. Auch wenn ich mich deutlich genug sah als ein Blatt Papier, auf dem nichts stand, dachte ich: Ich bin ein Blatt Papier, auf dem noch nichts steht.

Das war mein bis dahin undurchschaubarstes Geständnis, weil es verriet, dass ich glaubte, es könne noch etwas geschehen. Deshalb dieses mit allen Lügen der Welt wetteifernde Geständnis: Ich bin ein Blatt Papier, auf dem noch nichts steht.

Wenn ich das NOCH hätte weglassen können, wäre die Lüge weniger krass gewesen. Das NOCH war die Luft in den Reifen des Gefährts, das ich war. Ohne das NOCH wäre ich auf einem Platten gepoltert. Das NOCH war utopisch. Und Utopie ist die Erzlüge. Das NOCH machte mich zum Lügner. Das NOCH zwang mich zum Geständnis, dass ich das war, dieser Lügner.

Mir geht es ein bisschen zu gut.

Zu träumen genügt.

Unfassbar sein wie die Wolke, die schwebt.

Ich hoffe mehr, als ich will.

Jetzt drängt sich auf das Geständnis schlechthin: Seit ich utopielos war bzw. sein wollte, fehlte mir nichts mehr.

Ich starrte auf eine leere, musterlose Wand und vermisste nichts. Mir hatte immer etwas gefehlt. Jetzt wartete ich auf nichts mehr. Ich war weder glücklich noch unglücklich. Schon diese einem aufgedrängte Unterscheidung, sich glücklich oder unglücklich zu fühlen! Ich war jetzt das lebendigste Weder-noch.

Genau so mit der Zeit. Immer verging sie zu schnell oder zu langsam. Immer war es zu früh oder zu spät. Zeit, das Element der Ablenkung schlechthin. Sie hat mich immer am Dasein gehindert. Schön das verfügte Fremdwort: existieren. Manchmal habe ich es gern gesagt: Ich existiere. Der Segen des Fremdworts: Ich musste nichts verstehen. Schlimm nur das Hauptwort: Existenz. Das war nur noch Kulisse bzw. Gebäude bzw. Mausefalle. Existieren, die Illusion einer sich von selbst vollziehenden Tätigkeit. Die Illusion überhaupt.

3

Die leere, musterlose Wand. Meine letzte Abhängigkeit. Sobald ich die Augen schloss, wurde es unangenehm. Sobald ich die Augen öffnete und auf die leere, musterlose Wand schaute, wurde mir wieder wohl. Ich gebe zu, dass ich mir nachts, sobald es dunkel war, undeutlich wurde. Machte ich das Licht an, starrte auf die leere, musterlose Wand, war ich gleich wieder da. Es ging mir allerdings noch nach, ich verdankte dieses Gefühl, da zu sein, nur dem Umstand, dass ich das Licht angemacht hatte. Im Dunkel zu liegen, ohne darauf zu warten, dass es wieder hell wird, das musste ich noch üben. Im Dunkel zu liegen mit offenen Augen und nichts zu sehen, das musste möglich sein. Und schon stellten sich möglich und unmöglich vor. Wieder so ein Unterschied, den es nicht gibt. Das machen die Theoretiker. Ihre Theorien stiften Unterschiede, dass wir vor lauter Nachbeterei von Erdachtheiten nicht dazu kommen, da zu sein!

Mit offenen Augen im Dunkel zu liegen, das musste ich üben. Sobald ich die Augen aufmachte, meldete sich nämlich der Hustenreiz. Und zwar so, dass ich ihn nicht wegatmen konnte. Ich musste husten.

Ich huste, also bin ich.

Mir geht es ein bisschen zu gut.

Zu träumen genügt.

Unfassbar sein wie die Wolke, die schwebt.

Ich hoffe mehr, als ich will.

Nachts half das oft nicht mehr. Meinetwegen ging es anderen schlecht. Ich müsste … Ja, was, bitte? Ich müsste barfuß zum Nordpol laufen. Und zurück. Dann? Dann wäre dieses Problem gelöst. Ganz sicher. Aber eben nur dann. Man bremst sich andauernd im Vorgehen gegen sich selbst; man stellt das Verfahren ein, weil man fürchtet, es könnte zu weit gehen.

4

Geschenkt wurde mir nichts. Was habe ich geübt, Hilferufe nicht zu hören, so zu tun, als hörte ich sie nicht. Da man nichts tun kann, muss man so tun, als hörte man sie nicht, die Hilferufe aus Afrika und sonst woher. Ich darf sagen, ich habe eine Methode entwickelt, die es wert wäre, unter meinem Namen praktiziert zu werden. Sobald ich Hilferufe hörte, fing ich selber an, um Hilfe zu rufen. Peinlich wäre es gewesen, wenn mir jemand zu Hilfe gekommen wäre. Das ist zum Glück nicht passiert. Ich musste ja, je nachdem, wie laut die Hilferufe von da und da herkamen, selber immer noch lauter um Hilfe rufen. So habe ich noch jeden Hilferuf überstanden. Und die Hilferufe nahmen zu an Dringlichkeit und Elendsglaubwürdigkeit. Also wenn ich nicht sofort, also schon nach den ersten Tönen, dagegengehalten hätte, wäre ich unfähig gewesen, den Hilferuf zu übertönen. Die aus Afrika waren am schwersten zu übertönen. Aber auch da macht Übung den Meister. Übertönbar waren sie alle.

5

Ich riet dir, iss mehr, als du brauchst. Trink bis zur Bewusstlosigkeit. Rauch Kette und denk, dass du dich bestrafst. Ich riet dir: Sei, wohin du kommst, unerträglich. Rede laut und lang schlecht über dich. Bis sie dich unterbrechen. Lass es nicht zu. Sag, dass dir nicht zu helfen sei, solange es anderen deinetwegen schlechtgehe.

Ich gab mich extremer Zerknirschung hin. Verurteilte, beschimpfte mich so, dass ich mir unwillkürlich leidtat. Immer vor Zeugen. Und ich sagte, dass das eine Masche zur Erlösung sei, sich so zu beschimpfen. So, wie man sich da gebe, könne man nicht sein, so mies, so verbrecherisch egoistisch! So bemitleidenswert böse. So hässlich böse. So abstoßend böse. So erlösend böse.

Die, die dich erlebten, applaudierten dir schließlich. Du spucktest aus vor dir. Aber ins Taschentuch. Du sagtest: Es gibt keine Grenze der Nachsicht mit sich selbst. Und fuhrst fort mit deiner Selbstbeschimpfungsorgie. Sie tränkten dich mit Champagner. Sie tranken auf dich. Du trankst auf die, denen es schlechtgeht durch dich. Du fragtest dich: Wem gehört der Mantel, den du trägst? Wer friert statt deiner? Dann bedauertest du eher leise als laut, dass du nicht hassen könnest. Von deiner Mutter habest du nur lieben gelernt. Hassen können. Dich selbst hassen zu können, das wäre jetzt dran. Und eben dazu seist du nicht imstande. Dich selber hassen zu können, das wäre, nach allem, was du bewirkt hast, die Erlösung. Dir bleibe aber nur die Liebe. Die zu dir selbst. Und fürchterlicher könne nichts sein, als einen Menschen wie dich lieben zu müssen. Dann, nur noch flüsternd: Pfui Teufel. Und wieder spucktest du deutlich ins Taschentuch. Applaus.

Und rundum eine Debatte, als habe man im Theater einer Aufführung beigewohnt.

Mir geht es ein bisschen zu gut.

6

Dass ich nicht aufhören kann zu atmen, habe ich schon gestanden. Aber dreimal täglich trainierte ich alle Arten von Muskeln und die Lunge und das Herz usw. Gegen den, der das dreimal täglich exekutierte, war ich ohnmächtig. Das Körperprogramm stammte von ganz früher. Da hatte ich noch nichts zu sagen gehabt. Da sind eingesenkt worden in mich die Programme für immer. Weiter gehen, als du kannst! Du kannst bergauf rennen! Dir kommen Kräfte, die du nicht hast! Es wird eine Genugtuung, dich zu übertreffen, dich zurückzulassen, dich zu besiegen. Dieses Gefühl, zugleich der Sieger und der Besiegte zu sein! Das ist das Leben selbst.

Das Körperprogramm war ein Zwang, dem ich mich zu gern fügte. Gegen besseres Wissen.

Ich konnte mich ans Klavier setzen und die Hände Beethovens *Pathétique* spielen lassen. Mit allen einmal eingeübten Nuancen. Aber was ich zu hören bekam, war ein Schattengetön.

Das Leben ist ein Fünf-Sterne-Hotel. Zum Glück.

Mir geht es ein bisschen zu gut.

Zu träumen genügt.

Unfassbar sein wie die Wolke, die schwebt.

Ich hoffe mehr, als ich will.

Ich huste, also bin ich.

7

Anwandlungen. Dass ich es nicht weitersagen werde. Das hatte ich versprochen. Und sie haben gedroht, wenn ich es weitersagte, würden sie das nächste Mal schlimmer mit mir umgehen als je. Tatsächlich war es schon bis jetzt jedes Mal schlimmer geworden. Und zwar, ohne dass ich etwas weitergesagt hätte. Also war es eine leere Drohung. Da sie doch jedes Mal schlimmer mit mir verfuhren, ohne dass ich etwas weitergesagt hätte, konnte mir, wenn ich etwas weitersagen würde, nicht mehr passieren, als mir jedes Mal, wenn sie kamen, passiert ist. Und trotzdem wirkte diese, rein logisch gesehen, leere Drohung. Ich sagte nichts weiter. Aber sie könnten mit mir auf eine noch nicht vorstellbar harte Art umgehen und sich darauf berufen, dass sie das nur täten, weil ich etwas weitergesagt hätte. Also sagte ich nichts weiter. In dieser Situation lebte ich.

Ich musste andauernd damit rechnen, dass sie wiederkommen und mich so und so, eben so, wie ich es nicht weitersagen darf, behandeln würden.

Offenbar konnten sie nicht wirklich denken. Offenbar waren sie von dem, was sie mir zufügten, selber so beeindruckt, dass sie glaubten, wenn ich das weitersagte, passiere Wunder was gegen sie.

Dabei hätten sie, wenn sie denken könnten, darauf vertrauen können, dass ich überhaupt keine Möglichkeit hatte, etwas weiterzusagen, weil mir kein Mensch geglaubt hätte, was ich hätte sagen wollen. Der Rechtsstaat hat für das, was sie mit mir machten, keine Kategorien. Es gibt innerhalb der bürgerlichen Welt keine Sprache für das, was sie mit mir machten, keine Paragraphen oder Ähnliches. Weder Verbote noch Lizenzen. Was sie mit mir machten, ist nicht in Klage oder Anklage unterzubringen. Und wenn schon, dann eher in Klage als in Anklage. Aber für Klagen gibt es keine Instanzen.

Also, sie hätten wirklich keine Angst haben müssen, dass ich etwas weitersage. Also war ihre Drohung, dass sie mit mir noch härter verfahren würden, wenn ich etwas weitersagte, nichts als eine Lust, mir Angst zu machen.

Ich hatte angefangen, alles, was mir passierte, aufzuschreiben. Dadurch bemerkte ich, dass ich mich in einem kreisrunden Gefängnis befand. Das ist ein bildlicher Ausdruck für einen Bewusstseinszustand. Ich durfte mich bewegen, aber ich durfte dadurch, dass ich mich bewegte, nicht weiterkommen. Nirgendwohin.

Ein Ende war nicht vorstellbar. Aber wünschbar. Erschöpfung. Das wär's gewesen. Leider fühlte ich mich kein bisschen erschöpft. Ich wartete darauf, dass sie wieder kommen und mich … Eben das darf ich nicht weitersagen. Aber ich darf sagen oder schreiben, es sei erträglicher, von ihnen so und so behandelt zu werden, als nachher darüber nachzudenken, was sie mir wieder zugefügt haben.

Jetzt aber diese Erfahrung: Ich schrieb nicht auf, was ich nicht weitersagen darf, aber dass ich etwas nicht weitersagen darf, das schrieb ich auf. Und konnte und wollte mich nicht daran hindern, dass sich daraus etwas ergebe. Und wie leichtfertig ich doch sein konnte! Kaum schrieb ich auf, dass ich es aufschreibe, hagelten Wörter herein, gegen die ich immun sein müsste. Erfahrung! Was für ein Unwort! Überhaupt so genannte Hauptwörter! Was für ein durch Herrschen und Beherrschtwerden entstandenes Sprachzeug. Auch nur durch das Aufschreiben entstanden: nachdem die da waren und bevor sie wiederkamen. Als gäbe es ein Nachher und ein Vorher! Nicht einmal, woher solches Sprachzeug kommt, interessierte mich. Ich kann nicht existieren in einer Welt, in der es eine Rolle spielt, dass etwas nachher und etwas vorher stattfindet. Als gäbe es zwischen dem Nachher und dem nächsten Vorher etwas, was benannt werden könnte. Oder sollte. Und schon hagelte herein: Zeit! Warum nicht gleich auch noch: Verlauf! Nichts entspricht mir so wenig wie dieser Zählzwang. Wie oft? Als fände nicht alles ununterbrochen statt. Und wenn schon Zeit, dann: alles gleichzeitig. Zugleich. Simultan.

Ich schrieb auf, dass ich etwas nicht weitersagen durfte.

Jetzt verfiel ich in etwas, was die Draußen-Sprache Geständnis nennt: Es lag an mir, dass ich etwas, was mir passierte, nicht weitersagte.

Und was habe ich unwillkürlich getan? Ich, auch Sklave üblicher Ausdruckstradition, ich habe, was mir passierte, in etwas Figürliches verschoben. Und komme jetzt dazu, gestehen zu müssen, dass das, was ich als Besucher erscheinen ließ, meine Geschöpfe waren. Entstanden aus meinem Interesse. Entstanden, um der Gefahr zu begegnen, etwas weiterzusagen, was mir passierte.

Der Einzige, der mich daran hindern musste, etwas weiterzusagen, was mir passierte, bin ich selbst. Gegen die andauernde Versuchung, etwas weiterzusagen, habe ich mich mit allen erdenklichen Vorstellungen, überhaupt mit Einbildungen gewehrt. Erfolgreich gewehrt. Bis jetzt. Behaupte ich.

Es gibt den Zwang, weiterzusagen, was mir passierte. Und bevor ich diesem Zwang unterlag, verstummte ich. Den Triumph zu erfahren, was mir passierte, gönnte ich der Draußen-Welt nicht. Und spüre, wie mich die Sprache, wenn ich nicht aufpasse, in die Routine führt. Ich der Draußen-Welt etwas nicht gönnen! Quatsch!

Ich korrigiere: Es gab die Neigung, etwas, was dir passierte, weiterzusagen. Und es gab die Scheu, etwas, was dir passierte, weiterzusagen. Diese Scheu lud dich ein zu verstummen. Dieser Einladung folgte ich nur zu gern. Ein Verstummter mehr! Dass ich so weit komme, hätte ich nicht gedacht.

Die Draußen-Welt, ich gehe weiter als je: Die Machthaber, sie leben davon, dass sie Gelehrte bezahlen und dekorieren, die tausend Seiten Sinn gegen das Verstummen produzieren. Zuweilen kommt es mir vor, als seien die gelehrten Sinnstifter dazu da, uns hineinzuziehen in ihre Ergießungen, also uns am Verstummen zu hindern. Ich kann vollherzig versichern: Wir, die Verstummten, sind keine Gefahr, keine Drohung oder etwas dergleichen. Wir bilden uns nur ein – das sage ich jetzt für mich –, wir seien entkommen.

Laut rief ich oft mein Entkommensein aus! Hoffentlich glaubte mir niemand.

Meine Fluchtversuche: Einbildungen! Meine Rettungsbewegungen: reine Lyrik.

8

Noch eine Anwandlung. (Geständnishaftes gehört in die dritte Person.) Er kannte keine Gegenseitigkeit. Er wollte einseitig aufgenommen und bevorzugt werden. Er wollte nichts geben, nur nehmen. Alle sollten seine Eltern sein. Alle seine Mutter. Sie sollten sich reißen darum, seine Mutter sein zu dürfen.

Er hatte Angst vor dem Gegner, weil der Gegner besser war: Der kümmerte sich um das Richtige, tat das Richtige (politisch, ökologisch, war überhaupt für das Gute engagiert). Er dagegen: egoistisch, gekrümmt, er passte sich andauernd an vor lauter Angst, Schwäche und Gefallsucht. Und überall, wo er hinkam, hörte er, wie mutig der Gegner hier war. Und es ist ihm nicht schlecht bekommen. Da dachte er, dass es sich eigentlich doch lohnen würde, mutig zu sein. Er fühlte sich wirklich verlockt, auch einmal mutig zu sein. Aber dann klappte er gleich wieder zusammen vor Angst. Er wusste doch, dass bei ihm das Mutigsein anders enden würde. Mit einer Blamage. Oder noch wahrscheinlicher mit einer Art Vernichtung. Er würde sich entblößen, und irgendjemand oder alle würden auf ihn einschlagen. Anders konnte er sich das nicht vorstellen. An dem du hingst, den Faden ließen sie dich nicht durchbeißen. Sie klebten dich mit Sinn ans Leben. Den Schrei kultivieren, dass er sich anhört wie Gelächter, das lehrten sie dich. Belehrbar scheinen, das lohnte sich! Überhaupt scheinen! Dass aus deinem Mund Perlen strömten, wenn du kotzen wolltest! Du warst der Erste, der diese Perlen für echt hielt.

Weil er sich nicht traute, etwas von sich zu erzählen, erzählte er es so, als handle es sich um einen Bekannten. Dann wurde der scharf verurteilt: neurotisch usw. Dann wusste er, was er zu erwarten gehabt hätte, wenn er gestanden hätte, dass es sich um ihn handle. Oder ist das eine automatische Reaktion: Man freut sich, verurteilen zu können, und kann das natürlich leichter, wenn der, um den es sich handelt, nicht da ist?

Seine Angst vor jeder Prüfung. Er war davon überzeugt, dass er keiner wie auch immer gearteten Prüfung gewachsen wäre. Prüfungen waren so gemacht, dass sein Mangel entdeckt werden muss. Das ist gewissermaßen das Ziel der Prüfung. So ist es immer gewesen. Dass Prüfungen andere Namen tragen, dient nur der Verschleierung dieses Tatbestandes.

Natürlich dachte er auch an den Psychiater. An den denkt man, sobald man eine gänzlich ungewohnte und unbeherrschbare Empfindung hat. Aber er würde nie mit einer ernsthaften Sache zu einem Psychiater gehen. Das empfand er deutlich, dass alles, was in ihm heftig oder bedrohlich oder wild oder unbezähmbar aufbrach, immer eine Art hatte, die es unmöglich machte, mit einem zweiten Menschen darüber zu sprechen. Nicht mit seiner Frau und schon gar nicht mit einem Psychiater. Ein Psychiater fällt einem zwar ein, aber sobald er einem einfällt, weiß man auch, dass man lieber an dieser Sache sterben würde, als mit einem anderen darüber sprechen.

Und dieses Gefühl, er sei mit Tränen angefüllt, und die wollten heraus. Manchmal durfte er sich gar nicht bewegen, sonst hätte er weinen müssen. Abgesehen von der Peinlichkeit, hätte man ihn gefragt, warum.

Wie politisch unreif er war, rannte eine Zeit lang zu Extremisten, konnte sich alles mögliche wünschen. Dachte nicht weiter. Wie vernünftig dagegen immer der Gegner.

Er erwachte, saß auf dem Bett, wartete. Sie kamen nicht. Schritte usw. Wenn sie doch bloß endlich kämen. Schritte im Gang, ein hartes Klopfen, Türöffnen, bevor er Herein! sagen konnte. Geklopft haben sie nur, damit er nicht vor Schreck und Überraschung einem Herzschlag erliege. Sie wollten ihn ja lebendig. Das ist die Bedingung schlechthin. Lebendig. Also so lebendig wie möglich, dachte er. Und keine Ahnung, wie sie aussehen würden. Idiotisch, mit einer so atemraubenden Angst auf jemanden zu warten, den man sich nicht einmal vorstellen kann. Und dann auch noch ein Bedürfnis danach, dass die endlich kämen. Dass ein Ende sei. Er konnte doch kaum mehr atmen vor Spannung.

Warum diese Angst, dass das, was er glaubte, nur befürchten, aber nicht erleben zu müssen, in jeder Sekunde passieren, Wirklichkeit werden könne? Warum? Es war so, und er hatte da weder etwas zu bestimmen noch etwas zu erklären. Er konnte nur sitzen und merken, dass in seinem Mund eine Art Erdbeben ausgebrochen war. Die Kiefer bebten. Die Zähne zitterten. Seine Zähne zitterten unter diesem Mundbeben so, als würden sie gleich aus ihren Wurzeln gerissen.

Er glaubte, diesmal gehe es endlich gut. Diesmal wird er mit dem Gegner fertig. Und gerade diesmal ging es schief. Allerdings auf eine völlig neue Art. Das war immer das Überraschende: Wenn er sich vorbereitete, den Fehler, den er das letzte Mal gemacht hat, zu vermeiden, passierte ihm ein ganz neuer Fehler. Aber auch dieser neue Fehler war sofort erkennbar als ein für ihn typischer Fehler. Dieser Fehler war alles andere als ein Zufall. Er schien einfach einen unerschöpflichen Vorrat von höchst persönlichen Fehlern zu haben. Wie viele noch, hatte er sich jedes Mal gefragt.

Ein Fehler: dass er unsympathische Leute nicht liebte bzw. dass er Leute unsympathisch fand.

Er fühlte sich verfolgt, floh, zog sich zurück. Und hörte von Nächsten, wie sehr sich der Gegner, der Verfolger, von ihm verfolgt fühlte. Eine interessante Variante nannte er das.

Er war immer froh, wenn er etwas nicht getan hatte, wenn ein Anruf nicht gelang. So ein Blödsinn, XY anzurufen, mein Gott, wegen dieser Sache den anzurufen! Er musste nach aller Erfahrung froh sein, wenn ihm etwas nicht gelang. Alles, was ihm gelang, war zu seinem Nachteil.

Dass er immer alles sagte. Er war geschwätzig, haltlos. Immer erst nachher merkte er, dass er ununterbrochen geredet hatte. Und alles, was er ausgeplaudert hat, war peinlich. Er konnte nichts für sich behalten. Ihm fehlte eine Schranke. Er dachte etwas, und schon sagte er es. Dass er es nicht rief, war ein Wunder. Nicht mehr sprechen! Was er dachte, konnte er nicht sagen. Etwas sagen, was er nicht dachte, konnte er auch nicht. Was auch immer er sich vornahm, er würde sich nicht daran halten. Er war haltlos. Und musste sich auf dem Papier festhalten, weil er nirgends sonst möglich war.

9

Sie haben in mich Beobachter eingebaut. In der öffentlichen Welt heißt das Überwachungskamera. Dass sie in mich so etwas eingebaut haben, ist bildlich gemeint. Ich könnte nicht sagen, wer SIE sind und wie das vorstellbar sein soll: eingebaut. Aber ich werde beobachtet.

Dass alles, was ich tat und dachte, einer Beobachtung, sprich Beurteilung ausgesetzt ist, spürte ich bei allem, was ich tat und dachte. Ich kriegte dadurch mit, dass ich so gut wie alles, was ich tat und dachte, nicht hätte tun und denken dürfen. Die eingebaute Instanz sagte nicht, was ich tun und denken dürfte, sie ließ mich nur erleben, dass ich nicht hätte tun und denken dürfen, was ich gerade wieder getan und gedacht habe. Und es nützte nichts, wenn ich auf die Verneinung meines Tuns und Denkens mit ZU TRÄUMEN GENÜGT reagierte. Das war es eben: Diese in mich eingebaute Verneinung ist von mir nicht erreichbar. Sie ist sozusagen unabhängig von mir.

Sollte ich mir jetzt vorkommen wie Sokrates bei Platon? Dessen innere Stimme hat ihm immer nur gesagt, was er nicht tun und denken solle. Nie positiv: Tu und denke das und das. Aber als er, zum Tode verurteilt, von seinen Freunden besucht wird, erzählt er denen, dass ihm jetzt immer wieder im Traum gesagt werde: Sokrates, treibe Musik. Also der Erzrationalist soll zum Schluss Künstler werden.

Mir, dem zum Leben Verurteilten, passierte nichts dergleichen. Erst jetzt fällt mir auf, dass Sokrates' innere Stimme immer vorhergesagt hat: Tu das nicht. Meine eingebaute Stimme sagte mir immer erst nachher, wenn ich schon getan oder gedacht habe, was ich nicht hätte tun oder denken dürfen. Sokrates war besser dran.

Ich habe mich der steten Verneinung dadurch entzogen, dass ich sowohl Tun als auch Denken aufgegeben habe. Ich starrte bekanntlich auf eine leere, musterlose Wand. So triumphierte ich über die in mich eingebaute Beobachtung, die mich alles, was ich noch getan und gedacht habe, als verfehlt erleben ließ. Dass mir das gelungen ist, durfte mich stolz machen. Solche Errungenschaften haben dazu geführt, dass ich sagen kann: Mir geht es ein bisschen zu gut.

10

Unmut

Der Winter hat es auch nicht leicht
sich gegen das Fernsehen zu behaupten
Schon bevor wir atmen, werden wir gezählt
Wer ausschert, ist erledigt. Aufpasser gibt es
mehr als je zuvor. Wir sind eine Tugendrepublik
Was gut ist und was böse, sagt jetzt laut
der Soziologe.

Ich bin das Schwerste, das es gibt
meine Blumen sind aus Blei
weil der Tod mich liebt
trag ich ein schwarzes Geweih.

11

Die wirklichen und die eingebildeten Gegner unterschieden sich nicht von einander. Ich studierte trotzdem die Unterschiede. Genau so bei den Freunden. Da war die Unterscheidung zwischen wirklichen und eingebildeten Freunden allerdings einfach. Auch die wirklichen Freunde blieben hinter dem zurück, was ich von Freunden erwartete. Also musste ich auch, was die wirklichen Freunde nicht brachten, durch Einbildung ersetzen. Das wiederum führte zu dem Gefühl, dass ich keine wirklichen Freunde hatte.

Freunde sind Phantasie.

Mit den Gegnern war das einfach. An wirklichen Gegnern war kein Mangel. Sie zeigten, was sie von mir dachten, deutlich genug.

Noch ein Unterschied: Gegner und Feinde. Gegner waren die, die nicht für mich waren, ohne dass sie gegen mich handelten. Ich war ihnen egal. Wurden sie veranlasst, sich zu mir zu verhalten, winkten sie ab. Ich war ihnen keine Äußerung wert. Wurde ihnen die Äußerung nicht erlassen, ärgerten sie sich über mich und sagten etwas, was klang wie Verachtung. Das waren Gegner.

Die Feinde waren deutlicher. Sie ließen keine Gelegenheit aus, mich herunterzumachen. Und wenn es keine Gelegenheit gab, schafften sie eine. Ich ging ihnen auf die Nerven. Ganz von selbst. Jeder meiner Feinde hatte immer eine abrufbare Menge schlimmer

Sätze über mich bzw. gegen mich bereit. Er wurde durch alles, was ich machte, gereizt. Er hatte es satt, sich wieder über mich ärgern zu müssen. Ihm schmeckte sein Kaffee, sein Wein, und dann tauchte ich wieder auf mit einer Aktion, einer Meinung, gar mit einem Buch. Und er wusste, dass er sich, wenn er sich mit meinem neuesten Bemerkbar-werden-Wollen beschäftigte, nur ärgern musste. Aber er beschäftigte sich damit, und zwar vorurteilslos. Er würde sich doch freuen, wenn er sich endlich einmal freuen könnte über etwas, was von mir kam. Das formulierte er. Umso krasser die Enttäuschung, dass, was ich war und machte, wieder nichts war als ein Anlass zu Ärger und Verdruss. Er hatte unter mir zu leiden, das musste er mir übelnehmen. Es gehörte zum Seelenhaushalt eines jeden Feindes, dass er regelmäßig durch Aussagen seine Feindschaft gegen mich am Leben erhielt.

Jede Handlung gegen mich war für den Feind eine Stärkung seines Selbstbewusstseins. Dass er so sein darf, wie er ist, erlebte er kaum durch etwas anderes so deutlich wie durch eine Handlung oder durch eine Aussage gegen mich. Für ihn war nichts so deutlich, wie dass es mir ein bisschen zu gut gehe. (Dass es mir ein bisschen zu gut geht, diese Formulierung habe ich – das gesteh ich gern – von meinem Feind.) Solange das so ist, ist die Weltordnung noch nicht, wie sie sein soll. Und das war ohnehin seine Mission. Er hat nicht nur, was mich betraf, sondern überhaupt die Aufgabe, die Welt so zu ordnen, dass von einer Weltordnung gesprochen werden kann. Mein Feind war ausgezeichnet durch ein hochlebendiges Verantwortungsgefühl. Ich war natürlich nur ein kleiner Posten in seiner Verantwortungsagenda. Ohne dass er das langwierig begründen musste, erlebte er mich als eine wenn auch unwichtige Störung dessen, was sein soll. Obwohl er nicht im Namen einer so und so herrschenden Moral auftrat, war doch jeder Auftritt von ihm eine moralische Aktion. Unwillkürlich wurden durch seine Handlungen alle aufgefordert, so zu sein und zu handeln wie er. Er hatte von selbst, aber nicht ohne seine bewusste Mitwirkung, etwas Vorbildliches, Beispielhaftes. Durchaus nicht im Sinn einer kleinlichen, engherzigen Moral. Umso mehr als ein Anspruch im Großenganzen: Alles, was noch nicht so ist, wie es um der Weltzukunft willen sein soll, wird durch ihn zum Anspruch an alle. Er machte vor, was sich gehörte. Wenn alle so wären wie er, müsste man sich um die Weltzukunft bzw. um die Zukunft der Welt weniger bis keine Sorgen machen.

Er tadelte, kritisierte oder beschimpfte immer im Namen und Interesse des Großenganzen bzw. der Gerechtigkeit oder der Humanität oder der Demokratie. Geradezu glücklich war ich, wenn er etwas tat, was man ein bisschen verachten konnte. Seine Geldgier. Sein Protzen mit Sexfreuden. Aber anstatt ihn genussvoll zu verachten, pflügte mich der Neid.

Wenn meine Mangelhaftigkeit wieder da oder dort nicht mehr verbergbar war, wurde ich auch das erklärte Ziel seines verantwortungsbewussten Handelns. Wenn ich irgendwo oder irgendwie gestand, dass Verantwortungsbewusstsein mir fehlte, konnte es sein, dass er mich einer polemischen Belehrung für würdig hielt und mich auszeichnete mit einem souveränen Tadel.

Natürlich hat er seine von mir als Feindseligkeit erlebten Aktionen nie als solche empfinden lassen. Er hat immer gehandelt im Namen des Richtigen. Ohne es so auszudrücken, war er immer tätig im Namen einer unanzweifelbaren Weltvernunft. Wen auch immer er tadelte, angriff oder gar geißelte, der war gerichtet. Natürlich hatte er Gegner. Die hatten auch irgendwelche Macht, aber getadelt, gegeißelt von ihm, hatten sie kein bisschen Charme oder Charisma oder Attraktion und wirkten als das, was man nicht sein will, während er immer das war, was man sein wollte. Eine Zeit lang nannte man diese Unermüdlichkeit für das Gute Engagement.

Jetzt mein Argwohn gegen mich selbst. Könnte es sein, dass das, was ich als die in mich eingebaute Beobachtung erlebte, einfach eine allmähliche Verfestigung all dessen war, was meine Feinde im Lauf der Jahrzehnte gegen mich praktiziert hatten? Wenn das so wäre, dann wäre ich also andauernd einem als tadellos geltenden Feind ausgesetzt gewesen und wäre dadurch, dass ich meiner mir auferlegten Selbstverneinung entkommen bin, meinem Feind entkommen. Woher sonst sollte die Tag und Nacht erlebte, die immerwährende Selbstverneinung denn herrühren, wenn nicht von ihm, dem exemplarischen Feind!?

Jetzt riskiere ich eine Verallgemeinerung, die mir nicht zusteht: Nicht nur jeder hat SEINEN Feind, vielleicht hat sogar jeder Feind seinen Feind. Mein Feind wirkte immer so siegreich, so überlegen, dass seine Feinde eine Dekoration seiner öffentlichen Auftritte wurden. Er ist behängt mit den Skalpen seiner Feinde.

Um nicht in den billigsten Verdacht, den des Verfolgungswahns, zu geraten, will ich noch ein Beispiel erwähnen, in dem alles enthalten ist: Der mir bescherte Feind rasierte sich nicht mehr elektrisch. In Interviews erfuhren wir nicht, dass er sich nicht mehr elektrisch rasiert, er teilte uns mit, er rasiere sich nass. Ich glaube, jetzt sieht jeder, was ich sagen will.

Dass mir das Schicksal oder der Zufall oder der nicht nur liebe Gott diesen meinen Feind beschert hat, hat in mir nicht den Sermon produziert, das sei die beste aller möglichen Welten.

Umso stolzer dürfte ich sein, dass ich es geschafft hatte, mit der leeren, musterlosen Wand so zu leben, dass ich auch selber sagen kann: Mir geht es ein bisschen zu gut. Das ZU muss noch weg, das ist klar. Ich würde gerne in die Welt hinausposaunen: Wer immer sich einbildet, mein Feind sein zu müssen, er darf zur Kenntnis nehmen, dass ich nicht mehr einholbar bin. Ich habe mich in jahrzehntelanger Anstrengung aus der Erreichbarkeit entfernt. Jahrzehntelang, aber mit Lichtgeschwindigkeit. Also, liebe Gegner, ehrenwerte Feinde, rechnet selber aus, wie weit ich inzwischen weg bin von euch. Ich bin allem und allen entkommen. Mir nicht! NOCH nicht. Das kommt noch. O Utopie! Du Unauslöschbare!

12

Unter den vielen Versäumnissen spielte Dankbarkeit die größte Rolle. Dicht gefolgt von der Undankbarkeit. Und die versäumte Undankbarkeit will sich vordrängen, will wichtiger sein als die versäumte Dankbarkeit. Bei der versäumten Dankbarkeit handelte es sich immer um eine versäumte Mitteilung. Dankbar war ich immer so sehr, dass ich mich geniert hätte, mitzuteilen, wie sehr ich den schuldigen Dank fühlte. Ich habe immer gefürchtet, der, dem ich die mich drängende Dankesfülle schuldete, würde, wenn ich sie gestünde, glauben, er habe mir des Guten zu viel getan. Meine Dankesfülle bewiese ihm, dass ich seiner Wohltat nicht würdig sei. Also wurde alles zu einer inneren Unruhe und Abhängigkeit.

Zur Undankbarkeit war ich zu feige. Anstatt mich über das mir Angetane zu erheben, duldete ich, was mir zugefügt wurde, widerspruchslos. Der, der es mir getan hatte, musste glauben, ich sei der Ansicht, dass mir recht geschehen sei.

13

Vermieden bis jetzt das, was Gewissen heißt. Dazu muss ich so weit weg von mir, dass ich mich ER nennen darf.

Er hat immer schon getan und gedacht, was er nicht hätte tun und denken dürfen. Seine Erinnerung besteht aus nichts als aus dem, was er nicht hätte tun und denken dürfen. Sollte er etwas getan und gedacht haben, was er tun und denken durfte, so hat das in ihm nichts hinterlassen. Er hat es sich nicht merken können. Aber bedrängend deutlich ist alles, was er nicht hätte tun und denken sollen.

Er hat also sein Leben nicht verbracht im Dienst des Wahren und Guten oder gar des Schönen. Er hat nicht einfach alles richtig gemacht, sondern, vom Gewissen aus gesehen, alles falsch.

Wer alles richtig macht oder doch so, dass es, weil er es macht, als richtig erscheint, der macht es den immer zuschauenden Leuten leicht, ihm zuzustimmen, ihn gar zu verehren. Wer so exemplarisch gut und wahr ist, der entlastet das Gewissen von vielen. Sie müssen ihm nur zustimmen, dann sind sie schon selber auf der Seite des Wahren und Guten, vielleicht sogar des Schönen.

Aus solchem Vorbildsstoff sind Helden oder Stars. Bei ihnen ist das Gewissen der Mehrzahl gut aufgehoben. Helden bzw. Stars sind solche, die die Welt erleben lassen, wie sehr sie von dem, was sie tun, überzeugt sind. Was sie tun, ist dadurch, dass sie es tun, das

Richtige. Sie sind Leuchten des guten Gewissens. Sie tun und denken alles öffentlich. Sie sind gut und wahr und schön. Für sie sein heißt, für das Richtige sein.

Jetzt zu dem, der all das nicht ist, weil er oft das tat und dachte, was man nicht tun und denken soll. Er hatte immer schon ein schlechtes Gewissen. Welche Moral auch gerade herrschte, er musste immer verbergen, wie wenig er dieser Moral genügte.

Es lässt sich an Beispielen zeigen, dass es Familien gibt, die dem Nationalsozialismus rühmlich dienten, als Staatssekretär zum Beispiel, die in der dann folgenden Demokratie den Bundespräsidenten stellten. Sogar im Lebenslauf einzelner Personen ist erlebbar, wie sie immer richtiglagen. Thomas Mann ist dafür die leuchtende Gewähr. Er lag – grob gesagt – immer richtig: bis 1918 erzkonservativ, alles Demokratische verhöhnend, nach 1918 demokratisch leuchtend, inklusive SPD. Der Bruder Heinrich lag immer falsch. Gewissensbisse erscheinen denen, die immer richtigliegen, falsch.

Nietzsche hat dafür die Formel gefunden: Gewissensbisse? Dann ist dein Charakter deinen Taten nicht gewachsen!

Wer mit sich selbst nicht übereinstimmt, wird es nie dazu bringen, in einer öffentlich gewordenen Moral rühmlich aufgehoben zu sein. Wer immer das tut und denkt, was nicht getan und gedacht werden darf, der ist einem schlechten Gewissen ausgeliefert. So einer kann dann gequält ausrufen: Ein gutes Gewissen ist keins. Statt dem deutlich normierten Guten zu genügen, ist er immer der Selbstbefriedigung verfallen. Die gilt aus verschiedenen Gründen als verboten. Wer ihr in jedem Lebensalter wieder verfällt, wird nie zu den Guten gehören; und weil er immer verbergen muss, wie es sich bei ihm verhält, nie zu den Wahren; und weil die Selbstverbergung seine innere und äußere Erscheinung prägt, nie zu den Schönen.

Ein anderer Philosoph – es kann Hegel gewesen sein – hat gesagt, Gewissen, das sei die innerste Einsamkeit des Menschen. Dann kann er wohl kaum die Statthalter des guten Gewissens gemeint haben, die Leuchten des Guten, Wahren und Schönen, also die Richtigen. Einsam macht die Unvorzeigbarkeit dessen, was du tust und denkst.

Er war also immer der Unrichtige, der Falsche. Wenn ihm trotzdem Lebbarkeit zeitweise gelang, dann immer nur dadurch, dass es ihm gelang, sich zu verstellen.

Warum, bitte, hast du nie gesagt, wie gern du lebst!

14

Hierher gehört die Einteilung der Menschen in Sieger und Besiegte, und wie sich diese Einteilung auf Menschen auswirkt.

Schön deutlich beim Fußball, anzuschauen auf dem Bildschirm. Eine siegreiche Mannschaft, die Siegreichen fallen dann über einander her, können nicht aufhören, einander zu küssen, zu umarmen. Die Besiegten, in diesem Fall die Portugiesen, sitzen, liegen, kauern als Vereinzelte auf dem Platz. Entweder versteinern sie, oder sie weinen. Der Jüngste, Ronaldo, kann nicht aufhören zu weinen. Dadurch sieht er noch jünger aus. Fast wie ein Kind.

Sieger können einander nicht heftig genug berühren. Besiegte wollen mit einander nichts zu tun haben. Sieger sind EIN Jubel. Besiegte sind lauter Einzelne, jeder ist besiegt worden, jeder für sich; egal, auf wen er das verlorene Spiel zurückführt, ER hat es verloren.

In der Wirklichkeit läuft das so: Der Sieger brüstet sich zwar noch und noch, aber immer auf die geschmackvollste, gewinnendste Art und Weise. Der Schaum des Sieges vor dem Mund des Siegers wollte gefeiert sein. In deinen Händen gefror der Applaus. Schön nicht und gut nicht musste, wer siegte, sein. Zu siegen genügte jeder Geschichte. Alle Werte der Welt waren Trophäen. Auch du knietest hin.

Du konntest nicht in der Hängematte liegen und die Niederlage verschaukeln.

Der Wiederholungszwang, das war die Essenz des Verlierens, dass du deine Niederlage ununterbrochen in dir ablaufen lassen, und immer die Sätze, die deine Niederlage produziert haben, durch bessere Sätze ersetzen musstest. Mit diesen besseren Sätzen hätte es keine Niederlage gegeben. Aber diese besseren Sätze waren eben erst nachträglich, als es nicht mehr darauf ankam, möglich.

Möglich war nur dein Drauflosreden, dein wütendes Dich-Verteidigen, das alles noch schlimmer gemacht hat, als es vielleicht war. Vielleicht. Aber vielleicht war es schon so schlimm, wie du es jetzt findest. Jetzt bleibt nur, dich aufzulösen, dass du nicht mehr wiederholen musst, wie dumm du warst, dass du auf jeden dieser Angriffe so dumm wie möglich reagiert hast.

Niederlagen machen einsam. Mach aus deinem Alleinsein nicht einen solchen Zirkus. Du bist dein einziger Zuschauer. Du bist der, der verlor und nicht lernte, Sieger zu werden.

Eine Niederlage hat keinen Grund. Das, was dir als Grund für deine Niederlage erklärt wurde, war die Begründung einer Machtausübung. Jemand hatte eine Macht. Die spürte er nur, wenn er sie ausübte. Dazu warst du da. Je deutlicher er dir deine Niederlage erklärte, desto mehr erlebte der Ausübende seine Macht.

Diese Praxis hat nichts mit Recht und Unrecht zu tun. Wenn du dir, weil dir eine Niederlage zugefügt wurde, eingebildet hast, dir sei Unrecht geschehen, dann beweist du nur, dass du unfähig warst zu begreifen, was wirklich passierte. Die Begründung war dazu da, dass der Machtausübende sich bei seiner Machtausübung gehörig genoss. Vielleicht träumte der Machtausübende davon, dass du, was er dir tat, für Recht hältst. Das wäre eine paradiesische Wendung. Die kommt in Wirklichkeit nicht vor.

Die Niederlage war für den, der sie erlitt, unverständlich. Also eine reine bzw. absolute Untat. Um dergleichen ins Diskursive zu ziehen, kann man, es verharmlosend, von Recht und Unrecht sprechen. Ich habe vielleicht auch schon Macht ausgeübt. Ich weiß davon nichts mehr, hoffe aber, weltfromm, wie ich bin, dass Unrecht tun auch weh tut. Aber Unrecht erleiden ist ein Schmerz höherer Art. Der, der Unrecht erleidet, gerät allein dadurch, dass er, was ihm geschieht, nicht versteht, in ein Paradies der Qual. Alles in ihm und an ihm und um ihn blüht in hellstem Schmerz. Schmerz als Lebenssteigerung. Was wäre er ohne Schmerz? Eine knapp noch atmende Ruine! Er kommt sich ausgezeichnet vor. Nur dadurch erträgt er überhaupt die krasse Tausendfältigkeit der Niederlagenqual. Er ist nicht mehr der, der er vor der Niederlage war. Jetzt ist er hochmütig. Er schaut hinab auf alle, die die Niederlage nicht kennen. Die Niederlage herrscht in ihm Sekunde um Sekunde. Die einzige Erlösung ist der Hochmut, das heißt das nicht einzuschläfernde Bewusstsein, dass es sich um Unrecht handelt.

Also, Unrecht erleiden machte aus dir mehr, als du warst. Unrecht erleiden wurde deinem Wesen zum Reichtum. Und schon taten dir die, die im Recht leben, leid.

Wer da erfahrungslos ist, dem sei empfohlen, sich vorzustellen, wie ein Bergsteiger, der nur Gipfel von mehr als 4000 Metern Höhe ersteigt, sich fühlt unter Menschen, die im Flachland leben. Er hat nämlich durch seine Steigerei ein anderes Muskelgefühl als die, die nie steigen. Es gibt auch im Seelischen eine Muskulatur. Und durch nichts bildet sich die so aus wie durch die Niederlage.

Jetzt fehlt noch Gott. Es war wiederum Hegel, der das Wort Gott einen sinnlosen Laut nannte. Er meinte damit das, was die Theologen damals mit diesem Wort anstellten. Mir hat imponiert, dass er nicht sagte, Gott sei ein sinnloser Ausdruck, sondern ein sinnloser Laut! Mir drängte sich das Wort jedes Mal auf, wenn mich der Weltlauf an die leere, musterlose Wand schwemmte. Ich kann die leere, musterlose Wand nicht einfach durch das Wort Gott ersetzen. Aber ich muss zugeben, dass die Wand und Gott etwas mit einander zu tun haben. Die Wand nahm mich in jedem Augenblick, in dem ich ihrer bedürftig war, auf als einen zu ihr Hinfliehenden, Schutzsuchenden, das heißt, ich sank lautlos erschöpft zu ihr hin; wenn dann noch Gott auftauchte, herrschte Musik, eine unkomponierte Musik, ein ohren- und sinnbetäubender Jubel, historischer Glanz und aktuelle Mächtigkeit jeder Art, also Erlösungswuchten. Ich wollte nichts mehr wissen, nur noch sein. Anspruchslos sein. Die Wand wurde immer noch gefragt, ob sie's bringt, das Schützen-Können. Gott zu fragen kam einem nicht in den Sinn. Gott, die reine Metapher. Aber für alles. Auch für die Niederlage. Die absolute, letzte, unwiderrufliche Niederlage. Gott als die Niederlage selbst. Die dir von niemandem verpasste Niederlage, von niemandem als von deiner Armseligkeit oder Bedürftigkeit. Also von dir selbst. Gott als der Ausdruck deiner Schwäche.

Dazu passte doch, dass er dir mit betäubendem Jubel und mit der absoluten Musik erschien, als ein Vulkan, der glühende Blumen spuckt, als ein Tal der grünsten Zärtlichkeit, als ein Gebirge der reinen Güte, als ein unaufhörlicher Kindertraum, als alles, was dir jetzt fehlte. Also war er der Ausdruck von allem, was dir fehlte. Also dichtetest du drauflos. Bis er protestierte. Dann durftest du dir bemerkt vorkommen.

Und schon wurdest du an der Hand geführt. Du versankst. Endlich gingen dir die Augen auf. Du knietest. Knietest vor der leeren, musterlosen Wand. Und betetest sie an.

Mir geht es ein bisschen zu gut.

15

Ich weiß nicht, wie andere das halten, für mich war es von Kindheit an selbstverständlich, das zu tun, was man von mir erwartete. Erwartungen nicht zu erfüllen wäre mir immer als eine ins Beleidigende gesteigerte Unhöflichkeit vorgekommen. Ich habe es immer genossen, mehr zu geben, als von mir erwartet werden konnte.

So etwas tat man nicht nur, aber auch sich selbst zuliebe. Wo führte das hin? Dass verschiedene Menschen Verschiedenes von einem erwarteten, war verständlich. Wenn Verschiedene, die mir nahestanden, Verschiedenes von mir erwarteten, war die Erfüllung dieser einander nach geltendem Urteil ausschließenden Erwartungen eigentlich nicht möglich. Ich konnte mich dieser Unmöglichkeit nicht fügen. Ich erfüllte Erwartungen, die einander nach geltendem Urteil widersprachen. Im Politischen, Geschichtlichen hat mich das oft diffamierbar gemacht, weil sich in mir nicht stritt und einander ausschloss, was in der so genannten Wirklichkeit verfeindet war.

In was hättest du dich denn verwandeln müssen, dass du dich ausgehalten hättest, ohne zu glauben, dass jemand an dich denkt? Du hast geglaubt, nicht leben zu können, wenn nicht jemand liebend an dich dachte, und zwar jemand, den du auch lieben konntest.

Du warst dir zu wenig.

Oder so: A liebte dich, B liebte dich auch. Du liebtest A, und du liebtest B. Du hättest es für eine ins

Beleidigende reichende Unhöflichkeit gehalten, eine ernst zu nehmende Liebe nicht zu erwidern.

Dass du Unhöflichkeit gemieden hast, ist mehr als Höflichkeit. Dass du dich geliebt sahst, durfte dich berühren. Zwei Menschen erwarteten von dir, geliebt zu werden. Du erfülltest diese Erwartungen. A und B hielten dich dann für einen Lügner. Aber Anlügen kann man nur sich selber. Was man einem anderen sagt, ist immer das, was man ihm sagen will: meine Wahrheit für ihn. Ich habe zwei oder drei oder viele Wahrheiten, und nur eine lässt die alles vernichtende Moral als Wahrheit gelten. Sie sind aber alle gleich wahr. Ich wählte für den anderen die Wahrheit aus, die ich für die zumutbarste hielt. Und zuzugeben ist: Liebeserklärungen sind das reinste Selbstgespräch.

Offenbar war es nicht erlaubt, zwei Menschen zugleich zu lieben. Du versuchtest zu erklären, dass du schon immer getan hast, was von dir erwartet wurde. Es nützte nichts. Das heißt, du hättest imstand sein müssen, nur eine Erwartung zu erfüllen. Da das der aus Kindheitstagen stammenden Gewohnheit, jede Erwartung zu erfüllen, widersprach, blieb es dabei: Du versuchtest, die beiden einander ausschließenden Erwartungen zu erfüllen. Was so entsteht, heißt Unglück.

Dieses Unglück rechtfertigte sich aus einer Gefühlsbedingung, die lautet: Du kannst nur einen Menschen lieben. Dieses Gebot ist verschwistert mit dem Gebot, dass man nur einen Gott verehren dürfe. In der Religion gibt es inzwischen Milderungen, im Zwischenmenschlichen gilt immer noch das Gebot, dass eine Beziehung alle anderen auszuschließen habe.

Die Begründung: Der Liebende gibt dem Geliebten einen Wert. Wenn er aber zwei liebt, kriegt jeder nur die Hälfte. So die Gefühlsrechnung. Und die Lösung dieser Rechnung: Lieber nichts als die Hälfte. Dass es zweierlei Liebe geben kann, ist dem geltenden Urteil fremd.

Auf meine Art ausgedrückt, heißt das: Ich hüpfte von einem Bein auf das andere. Verbrannt waren beide Sohlen von dieser heißen Erde. Schellen waren mir umgehängt, dass immer weithin bekannt war, wo ich gerade hüpfte. An Zuschauern fehlte es nicht. Mir wäre Singen erlaubt gewesen. Es reichte aber der Atem nicht zum Singen und zum Hüpfen. Hüpfen musste ich aber, weil der Boden glühte. Also unterblieb Gesang.

Untreue moralisch zu ahnden ist barbarisch. Wenn einer von zweien nicht genügt, ist der andere oder die andere untreu. Würde jeder dem anderen genügen, gäbe es keine Untreue. Das ganze Treue-Brimborium ist nichts anderes als die kulturelle Verbrämung einer barbarischen Strafroutine.

Dante hatte, als er in die Grüfte der Geschichte hinabstieg, Vergil als Führer, ich hatte niemanden. Und sah mich andauernd Töne produzieren über Richtig und Falsch.

Alles, was nach Urteil klingt, möchte ich hiermit widerrufen.

Ich scheute dann vor jeder länger gültig sein wollenden Aussage zurück. Das hätte doch schon wieder geheißen, ich müsste mich nach dem Augenblick, in dem ich das und das gesagt habe, immer noch richten, auch wenn inzwischen längst andere Empfindungen in mir die Herrschaft hätten.

Weil es die Konvention gibt, die Person als eine verlässliche Kontinuität von Aussagen zu sehen, musste ich mich von dieser Konvention trennen. Dann nannte ich eben, was zu dem andauernden Wechsel der Empfindung gehörte, Fälschung der Gefühle. Ich hoffte, mit dieser den Tadel geradezu herbeirufenden Formulierung genügte ich dem, was die Moral als Bedingung der Zurechnungsfähigkeit von einem Menschen verlangt. Gefälschte Gefühle mussten wie falsche Zähne wirken, also aussehen wie echte. Und wer keine Gefühle fälschen musste, hatte keine. Das, wozu man gehören sollte, war ein verabredetes Dasein, zu dem kein Mensch von selbst gehörte. Er musste zugerichtet werden. Sich selber zurichten. Begnadige dich nicht ein weiteres Mal. Fälschen genügte nicht. Hinrichten musstest du das Gefühl, jedes. Falls eine Seele sich bemerkbar machte, sage, es gebe sie nicht! Ausatmen! Was dir da passiert, hat Hegel in der Phänomenologie des Geistes klar genug gesagt. «Die Handlung, indem sie Befolgung eines fremden Beschlusses ist, hört nach der Seite des Tuns oder des Willens auf, die eigene zu sein.» Bei Meinungen war das üblich, dass jeder seine Meinung dem anpasste, was als Meinung möglich und erwünscht oder gerade noch erlaubt war. Von Kind an lernten wir, so zu denken, wie gedacht werden sollte.

Beispiele für exemplarische Gefühlsfälschung aus

der Geschichte: Abaelard und Heloïse, Hölderlin und Diotima, und: Warum war Sigmund Freud unter allem, was er bedachte, nichts so wichtig wie die Sublimierung! Die könnte man ganz einfach ins Deutsche übersetzen als Fälschung der Gefühle.

Das Wichtigste: Warum mussten Gefühle gefälscht werden? Anderen zuliebe. Oder doch sich selbst zuliebe? Das musste überprüft werden. Du musstest immer auf dich verzichten, musstest einem oder einer anderen zuliebe sprechen oder schweigen. Das war immer geboten, wenn du etwas fühltest oder dachtest, was, wenn du es aussprechen würdest, einem oder einer anderen nicht recht sein, beleidigend sein könnte. Oder es würde dich abstoßend machen. Also doch auch dir selbst zuliebe musstest du deine Gefühle fälschen? Aber wie erfolgreich durfte die Fälschung der Gefühle sein? Nie so erfolgreich, dass die Ursache nicht mehr spürbar war. Das wäre das Ideal, das nicht erreicht werden durfte. Und du musstest dich so geben, dass du weiter in den auf schöne Namen getauften Beziehungen möglich warst. Das hast du von Anfang an gelernt. Schon als Kind hast du gelernt, wie du dich benehmen musst, dass dir entsprochen wird. Das lerntest du, noch bevor du sprechen lerntest. Das lerntest du, ohne dass du schon wusstest, was du tust, wenn du dein Benehmen so inszeniert hast, dass du möglichst viel Liebe erntest.

Das blieb dein Begehren lebenslang.

Die Beispiele bestürmen dich.

Eine Magdalena aus Warschau und eine Alexandra aus Freiburg, und du ausufernd. In dir tobte eine Umarmungsbereitschaft, eine Entzündbarkeit, ein Nirgends-mehr-sein-Wollen als jetzt hier. Die zwei konnten dich brauchen. Wörterware solltest du liefern. Deshalb kamen sie. Dass du dich ausgeliefert hast, dass du mitgenommen werden wolltest für immer, und egal, wohin, war ihnen ein Lächeln wert. Aber dieses tendenziöse Chaos musstest du fälschen. Erlaubt war ein lebhaftes Mitmachen bei dem, was sie von dir wollten und erwarteten. Dann zogen sie ab. In deinem Kopf drehte sich das Feuerrad gefälschter Wünsche.

Magdalenas Ausschnitt ließ den scharfen Schatten zwischen ihren Brüsten sehen. Alexandras Körper drängte überall gegen ihren Kleidungsglanz. Du warst beschäftigt mit dem Erledigen gefälschter Wünsche.

Oder Frau W. Für das erste Telefongespräch bedankte sie sich noch in der E-Mail, weil es so lebendig und herzlich gewesen sei. Das wurde es, weil sie alles, was du so hinsagtest, lebhaft verstärkte. Also wurde dein nächster Satz auch intensiver. So schaukelten wir einander richtig hinauf in eine Stimmung, die sie schriftlich einer warmen Erwähnung wert fand. Dann erschien sie: hellstes Blond, schön am Kopf bleibend, den Kopf ausdrückend. Und gekleidet ins gleißendste Schwarz. Als du das absichtlich-unabsichtlich berührtest, spürtest du, wie dünn dieses Gleißen war. Dann der normale Verlauf der Lieferung der Wörterware. Wir funktionierten. Sie bedankte sich herzlich. Kein Ton mehr so wie in dem ersten Telefongespräch. Tschüss.

Du bliebst zurück, beschäftigt mit der Fälschung

deiner Gefühle. Ich würde dir nicht ununterbrochen an die Wäsche gehen! Wie denn mit solchen Sätzen fertig werden! Oder: Ich arbeite wie blöd! Zur Vernichtung solcher Satzdenkmale sagte er sich laut vor: Ich liebe alle Frauen der Welt. Wie schön, wie wundervoll war alles an und in einem Menschen, wenn man ihn verlieren musste. Darum: Gefühlsfälschung als tägliche Beschäftigung. Ich kochte den Schmerz, die irdische Suppe! Wenn du nicht gewesen wärst, Sprache, hätte es mich nicht gegeben.

Sogar im Krankenhaus. Die unscheinbare, vielleicht sogar unschöne Schwester Laura, aber alle Wörter mit un… sind falsch, ihr ursprünglich schönes Gesicht war etwas mit ver…, verwittert, verwettert, verwirkt, sie sah deutlich älter aus, als sie war, und schob eine Farbige herein und fragte für die: Darf sie bisschen saubermachen, und das mit hart-östlichem Akzent, und kam mir dazu näher als nötig und legte mir ihre Hand auf die Schulter und nahm die Hand, als ich schon längst ja gesagt hatte, nicht weg, aber entblößte ihre Zähne, eine Gebärde des Lachens, aber lautlos, und ich musste diese Zahnpracht anschauen, und sie musste das wissen, wie diese weiße Zahnpracht wirkte in diesem verwirkten Gesicht, Zähne wie eine junge Tigerkatze, auch wenn du nicht wusstest, ob junge Tigerkatzen andere Zähne haben als alte Tigerkatzen, das konntest du auch gar nicht entscheiden, als du dieser Zahnpracht ausgesetzt warst, aber dass sie älter aussah, als sie war, dieser Unterschied drückte ein Schicksal aus, sie hatte etwas hinter sich, und dass sie das hinter sich hatte, ließ sie älter aussehen, als sie war, aber auch schöner, als sie als nichts als Jungschöne gewesen sein konnte, eine Würde hatte sie jetzt, nein, eine Schönheit für immer, da konnte ich doch nichts anderes sagen als: Ich möchte Sie heiraten, und genau das, was ich jetzt hätte sagen müssen, genau das habe ich nicht sagen können, nicht sagen dürfen, weil ich keinen Standesamttermin anzubieten hatte, aber sie war doch schicksalsschön, und das machte sie unwiderstehlich, also blieb doch nichts anderes übrig als zu sagen, dass ich sie heiraten möchte, aber eben dieses Verbot war in mich hineingepaukt worden, ich musste mich beherrschen, und das Sich-Beherrschen ist immer eine Fälschung der Gefühle, und davon wurde man müde, es wurde vorstellbar, dass man vom andauernden Zwang, seine Gefühle fälschen zu müssen, lebensmüde werden kann. Falsch! Ich wurde gar nicht müde. Unwach, das war, was ich war. Unwach oder geduldig oder weltfremd. Das klingt eher so, als könne es erwünscht sein: weltfremd.

Die Farbige machte bisschen sauber. Zu ihr hätte ich den Satz nicht sagen können. Sie war nur jungschön, kein Schicksal. Noch kein Schicksal.

Aus dem Krankenhaus entlassen, musste ich gleich dichten:

Ich habe Lust auf Elegie
ich will den Schmerz das Singen lehren
und Tränen werden Perlenschmuck
ich lass mich nicht erledigen
bloß weil mir alles weh tut

ich leide nicht für nichts und wieder nichts
ich will den Schmerz das Singen lehren
und tanzen mit gebrochnem Bein
den Schmerz mach ich zum Bariton
die Depression wird mein Tenor
und wenn die Qual mich schreien lässt
ruf ich da capo und Applaus
sobald ich Papst bin, haben alle Pfarrer frei
und eine rote Blume blüht die ganze Nacht
ihr Duft ist meine Elegie

Es wird doch wohl auf dem Papier etwas anderes passieren dürfen als in der Wirklichkeit.

16

Bitte, wie stark musste ich sein, um mich so schwach nennen zu können! Ich war so weit gekommen, dass ich allem und allen zustimmen konnte. Ich erlebte diese Zustimmungsfähigkeit als eine Daseinskraft. Ich hatte nichts auszusetzen an irgendwas oder irgendwem.

Sobald ich etwas nicht für richtig hielt, fiel mir auf, dass ich nicht wusste, wie man es besser machen könnte. Ich wollte nie mehr jemandem widersprechen.

Ich erlebte mich als eine blühende Wiese. Ich blühte vor der leeren, musterlosen Wand. Aus reiner Bewegung ließ ich einen Gott entspringen. Feinde, Freunde, Gegner forderten mich zum Tanz auf. Gab es eine innigere Berührung als die eines Feindes, der dich niedermachen wollte! War ich durch irgendetwas der Welt deutlicher vorgestellt worden als durch den Hohn eines Feindes! Wodurch kannte man mich denn deutlicher als durch die nichts auslassende Niedertracht eines Feindes! Da hagelte es Wörter!

Ich musste hoffen, die Feinde würden nicht aufhören, sich mit mir zu beschäftigen. Interessierten sie sich nicht mehr für mich, bräche aus das Zeitalter der langen Weile. Solang ihnen noch etwas einfiel gegen mich, erlebten sie sich und erlebte die Welt mich. Die Feinde und ich – wir waren ein Team. Zur Unterhaltung der Welt. Wehe, wenn dieses Team verstummte! Es fielen ihnen über mich immer wieder Sätze ein, die dem Schweigen vorzuziehen waren.

Und die Freunde, denen es nicht um mich, sondern um sich selber ging! Konnte mehr gewünscht werden als eine solche Wirkung? Deine Freunde erlebten sich durch dich. Du warst ein Spiegel, in den sie schauten. Was sie für dich empfanden, das war der Sturm der Selbstempfindung. Wenn sie dich schätzten, erlebten sie sich als Gefühlsinstanzen.

Es waren immer bestimmte Meinungen, denen ich meine Zustimmung nicht verweigern konnte. Nicht jeder Meinung unterwarfst du dich, nur der Meinung mit dem zwingenden Gestus. Der, der diese Meinung formulierte, war unangreifbar sicher in seiner Meinung. Diese Selbstgewissheit war das, was dich bezwang. Es wäre borniert gewesen, selber nichts sicher zu wissen und dem, der etwas ganz sicher wusste, nicht zuzustimmen. Es waren immer Meinungen, in denen sich eine ganze Lebenshaltung ausdrückte. Wenn du da nicht zustimmtest, warst du das, was in dieser Meinung verurteilt wurde. Ein Nazi, ein Kapitalist usw. Durch Zustimmung konnte man sich zugehörig fühlen zu den Tadellosen. Es waren die Tadellosen, die dich beherrschten. Durch ihre Tadellosigkeit.

Manchmal musste ich denken, dass es meine Schwäche war, die mich zu allem nicken ließ. Den Kopf zu schütteln, etwa als verneinende Gebärde, fühlte ich mich oft zu schwach. Nicken ging.

Meine durch Zustimmung erworbene Zugehörigkeit machte mich mir selber nicht deutlich. Ich wusste von mir nur, was andere über mich gesagt haben. Das reichte nicht, mich zu lieben. Aber es reichte, mich zu befähigen, es anderen recht zu machen. Das erfahrend, fühlte ich mich reich. Mir unbekannt, aber reich. Mein mir Deutlichstes war mein Mund. Der hatte Bedürfnisse, die ich unterstützte. Er sagte zum Beispiel Sätze, die er nicht anderen nachsagte. Er sagte Sätze, die nur er sagte. Die hörte ich, und meistens freute ich mich dann. So hörte ich ihn sagen, ich sei eine blühende Wiese. Also gut. War ich eine blühende Wiese. Ich liebte Sätze, die man nicht beweisen muss.

17

Die Dozentin, eine junge Frau mit mehr Haaren, als sie bändigen konnte, führte mich zum Pult und empfahl mich der Aufmerksamkeit der Zuhörer: Die Lautlehre. Was man darüber sagen kann.

Ich schlug den gelben Aktendeckel auf. Die Dozentin saß schon wieder in der ersten Reihe und schaute zu mir herauf. Mich überkam ein Wahrheitsbedürfnis. Ich bat sie, noch einmal heraufzukommen, zu mir. Sie kam, zeigte, dass sie gespannt sei zu erfahren, warum ich, statt mit dem Vortrag zu beginnen, sie heraufgebeten hatte. Mir war aufgefallen, dass ich den falschen Aktendeckel dabeihatte. Offenbar musste ich in einem anderen Aktendeckel ein Manuskript haben, das von der Lautlehre handelte. Erinnern konnte ich mich jetzt nicht. Ich befand mich in keiner Verlegenheit.

Liebe Frau Dr. Speiser, sagte ich. Dass sie so hieß, wusste ich noch. Dann sagte ich: Ich bin eine blühende Wiese. Ob Sie nun die Augen schließen oder nicht, aber Sie geben zu, es lohnt sich, sich eine blühende Wiese vorzustellen. Zu glauben genügt, Frau Doktor! Dann fragte ich, wie sie mit Vornamen heiße.

Annemarie.

Das sind zwei Namen, sagte ich, Anne und Marie. Soll ich Sie Anne nennen oder Marie. Der Umhang, den Sie anhaben. Schwarz, vielfach durchbrochen und reicht weit hinab. Darunter sind Sie, entschuldigen Sie, bitte, rosa oder fleischfarben angezogen. Jeder wird denken, was ich denke. Sie hätten unter diese vielfache Durchbrochenheit nicht etwas Fleischfarbenes anziehen müssen. Dass Sie sich dabei nichts gedacht haben, glaube ich Ihnen nicht. Auch wenn Sie sich etwas anderes gedacht haben als ich und jedermann, Sie könnten dafür in die Hölle kommen! Und sei es in die von Dante. Die literarische Hölle gibt es. Und darum gibt es auch den literarischen Himmel. Ich bin eine blühende Wiese. Das ist der literarische Himmel.

Und: Der liebe Gott ist ein Masseur mit Händen aus Musik.

Und: Ich bin ein Apfelbaum, der Birnen trägt.

Und: Alle Vögel singen, als wüssten sie Bescheid.

Die Dozentin lachte, verneigte sich, wollte gehen.

Ich griff nach ihren Armen. Halt, rief ich. Endlich habe ich den Mut, die so genannte Wahrheit zu sagen. Ich möchte Sie heiraten. Für immer. Mit allem Drum und Dran.

Sie rief: Und wo bleibt die Lautlehre!

Und ich rief: Das ist die Lautlehre! Sie heißt: Es gibt nur einen Laut, den es sich lohnt zu lehren. Er heißt Liebe.

Jetzt applaudierten die Leute. Die Dozentin applaudierte ein bisschen. So, als imitiere sie.

Dann wollte sie wissen, ob dem Publikum Fragen erlaubt seien.

Ich zuckte mit den Schultern.

Darauf eröffnete sie die Diskussion. Es meldete sich niemand. In der letzten Reihe stand ein sehr junger Mann auf und pfiff grell, den Zweifingerpfiff. In der ersten Reihe stand eine ältere Dame auf und sagte: Echt geil.

Von der Dozentin gleich keine Spur mehr. Ich war eben nur ein Datum in einem Veranstaltungskalender.

Ich sagte: Ich danke Ihnen. Und verließ das Podium.

Laut psalmodierend kam ich aus dem Saal. Mein Text bahnte mir deutlich den Weg ins Freie. Allerdings auch, weil ich ihn so laut sagte wie noch nie.

Mir geht es ein bisschen zu gut.

Zu träumen genügt.

Unfassbar sein wie die Wolke, die schwebt.

Ich hoffe mehr, als ich will.

Ich huste, also bin ich.

Ich bin eine blühende Wiese.

Der liebe Gott ist ein Masseur mit Händen aus Musik.

Ich bin ein Apfelbaum, der Birnen trägt.

Alle Vögel singen, als wüssten sie Bescheid.

18

Länger als zehn Minuten konnte ich den Blick nicht weghalten von der Uhr. Nie waren, wenn ich wieder hinschauen musste, mehr als zehn Minuten vergangen. Ich fürchtete, dass die Abstände kleiner wurden. Ich hielt mich mit aller Kraft ab, früher hinzuschauen. Wenn ich dann endlich nachgab, dachte ich: So, jetzt sind eher dreizehn oder fünfzehn Minuten vorbei als zehn. Aber dann waren es gerade wieder zehn. Ich fürchtete, ich würde diesen Abstand nicht mehr lange schaffen. Dann würde er sich rasch verkleinern, dann würde ich schnell so weit sein, dass ich gar nicht mehr wegschauen könnte. Dann würde ich sitzen und ununterbrochen auf die Uhr schauen. Eine Peitsche wünschte ich mir, mit der man hätte Gedanken antreiben können, schneller zu gehen. Andauernd wollten sie stehen bleiben und starren auf den wundesten Punkt, der dadurch noch wunder wurde. Ich musste mich wehren. Mit Wörtern. Ich sagte der Uhr ins Gesicht: Die Sekunden bluten, die Minuten weinen, die Stunden eitern, die Tage kotzen, die Wochen schwitzen, die Monate spucken, die Jahre schreiben Geschichte. Und im Wind der Geschichte sind die toten Stämme lauter als die lebendigen.

19

Die Frau hieß Sowieso, der Mann Erstrecht. Sie hatte mehr Haare als nötig. Er weniger als gut. Sie waren zwei, die eins werden wollten. Ohne Nähe war nichts.

Sie redeten einander zuliebe. Jeder sagte, was der andere hören wollte. Jeder verschwieg, was die Nähe stören konnte. Jeder wusste, dass der andere mehr dachte, als er sagte. Jeder wollte vom anderen alles erfahren. Er von ihr. Sie von ihm. Aber sie konnte nicht alles sagen, was ihr durch den Kopf ging. Und das sagte sie ihm. Von da an merkte er, dass er auch nicht mehr alles sagen konnte. In beiden bildete sich ein Samisdat. Sie weiß, sagte sie, warum sie nicht alles sagen könne. Er, der das nicht für möglich gehalten hatte, merkte, dass sich in ihm auch etwas bildete, was er nicht sagen konnte. Über das, was sie einander nicht sagen konnten, war nicht zu sprechen. Da sie die Wahrheit nicht sagen konnten, war alles, was sie einander sagten, der Lüge verwandt. Es war eine, moralisch gesehen, einwandfreie Lüge. Es wurde nichts erlogen. Es fand eine Auswahl statt. Nur das, was die Nähe steigerte, wurde gesagt. Die Nähe wurde eine Art Kunstprodukt. Die Nähe wurde immer schöner. Und je schöner, umso weniger wahr. Deshalb war, was schön war, zum Schein schön. Wenn das Schöne auch wahr gewesen wäre, gäbe es Glück. Aber weil das Wahre ein Bedürfnis, aber keine Realität war, blieb das Schöne unwahr und war als solches unschön. Es hässlich zu nennen hieße, moralistisch sein. Das ist normal. Wer darüber hinaus glaubte, einen Anspruch zu haben, musste lernen, unglücklich zu sein.

20

Wenn dir die Kunst der Fuge nicht hilft, dann ist dir nicht zu helfen. Sagte sie.

Zum Glück verstand ich noch alles.

Ich wusste, ich kann nur denen glauben, die mich belügen. Das heißt, die mir zuliebe die Unwahrheit sagten. Durch Lügen kommt so viel Wahrheit in die Welt wie durch Wahrheit. Ich wollte endlich beitragen zum Ruhm der Unwahrheit. Die Unwahrheit ist die Kunst der Fuge als Sprache. Eisig, das heißt erstarrt, das heißt bewegungslos wird es erst, wenn niemand mehr daran interessiert ist, dir zuliebe die Unwahrheit aufzuzäumen. Wenn du nicht mehr fähig bist, mit der Unwahrheit zu leben, dann fehlt dir die Kraft, ohne die nicht gelebt werden kann. Wenn du selber nur noch die Wahrheit sagen kannst, bist du unter Menschen nicht mehr möglich.

21

Es war ein Morgen im Frühling. Ein Versprechen ringsum. Ich verstand die Sprache der Vögel. Das Winken der Zweige galt mir. Und die Bäche schwätzten mit silbernen Zungen. Die Blumen sagten ihren Namen wie zum ersten Mal. Blumennamen merkte ich mir. Gegen den schwarzen Schlund. Der hat keinen Namen. Ein Gesicht, gefräßig, gierig, grell. Gemein. Mich kriegte er nicht, solange ich Wörter hatte. Die Verstummten hat er gekriegt. Mein Mund war eine gute Wehr. Wörter, ein glitzerndes Gut. Ich musste nicht sehen, was ich sagte. Woher mein Mund hatte, was er sagte, musste ich nicht wissen. Von früher vielleicht. Der schwarze Schlund war von heute. Er schluckte und schluckte, und was er schluckte, gab es nicht mehr. Meinen Mund und mich kriegte er nicht. Die Wörter waren unsere Wehr.

Es gab die Frau nicht, von der ich sagte, sie tritt ein und redet so schnell, weil ich sagte, sie rede so schnell. Ich glaubte, ich müsse ihr einen Text geben. Also ließ ich sie sagen: Wenn dir die Kunst der Fuge nicht hilft, dann ist dir nicht zu helfen. Ich bin dein Geschöpf, von dem du erwartest, dass es mehr ist als dein Geschöpf. Wenn mir etwas zu deinen Gunsten einfällt, ist es nicht von mir, sondern von dir. Und du willst mich unvorstellbar.

Unvorstellbar schön!

Sag mir, was ich anhabe.

Grelles Zeug.
Grelles Zeug zieh ich nicht an.
Ich liebe dich dafür, dass du das sagst.
Zieh mir was anderes an.
Und wenn ich dich lieber auszieh?
Bin ich weg.
Adieu.

22

Und die Welt war voller Witwen. Jede wollte, dass ich mit ihr über ihren toten Mann spräche. Für jede war ich der Einzige, mit dem sie noch über ihren toten Mann sprechen konnte. Sie belagerten mein Haus. Wenn ich vor die Tür kam, fielen sie über mich her, mich zu zerreißen, weil mich keine der anderen gönnte. So wurde mir schon wieder ein Lebenssinn zugewiesen. Ich musste verständlich machen, dass ich nur einer nach der anderen entsprechen konnte. Sie müssten sich einem Nacheinander fügen. Es würde jede drankommen. Ich wusste über jeden dieser toten Männer mehr, als sie wissen wollten. Ich würde aber nur das sagen, was jede gerne hören will. Wie immer. Und was jede hören will, war mir bekannt. Die Unwahrheit! Die Kunst der Fuge mit Wörtern.

Ich lebte im Paradies. Wahrscheinlich hat das Paradies die Welt erobert. Jetzt strotzte die Welt von Verabredungen. Überall stand das Glück bevor. Und alle hatten die Begabung, alles schön aussehen zu lassen. Die Kunst der Fuge bzw. die Fähigkeit, mit der Unwahrheit ein Glückskunstwerk zu schaffen, das ist die menschliche Fähigkeit überhaupt. Keine ist edler und menschenfreundlicher als sie. Mir tat das gut, wenn ich, der immer glaubte, für die Glücksvermehrung zuständig zu sein, gar nicht mehr nötig war. Ich hatte frei.

Und schon stürmten Wörter auf mich ein, als hätten

sie lang darauf gewartet. Allen voran: Gewissheit. Wie soll es in einer Wörterwelt Freiheit geben, in der es Gewissheit gibt. Dass ich nicht an Freiheit zu glauben vermochte, musste nicht gleich mit Gewissheit bestraft werden. Ich wollte in ein Land auswandern, in dem es Gewissheit nicht gab.

Ich war darauf angewiesen, so zu tun, als wüsste ich nicht, wohin der nächste Schritt führte. Notwendigkeit ist alles. Gewissheit ist genau das, was ein Wort nicht sein darf: Es ist ein Wort als Zwangsjacke.

Für Eindeutigkeit haben wir Instrumente. Wörter sind Spürbarkeiten. Wörter kamen als zwei Herren bergab auf mich zu. Ein Rundlicher und ein Langer. Sie stolperten, ohne zu fallen. Sie machten aus dem Stolpern eine Art Tanz. Sie zeigten mir, was alles man aus Stolpern machen kann. Sie waren von nichts so überzeugt wie von sich selbst. Deshalb ihre riskanten Bewegungen. Deshalb die Wirkung: Sie konnten sich so exzentrisch bewegen, wie sie wollten, ihnen konnte nichts passieren.

Je näher sie mir kamen, umso deutlicher wurde, dass sie nicht zu mir kommen wollten. Als sie nah waren, waren sie auch schon an mir vorbei.

So viele Silben flatterten herum und wollten mich verführen, daraus Wörter zu machen. Wörter, meine Wehr und Waffen. Aber es sollte sich, bitte, nichts mehr daraus ergeben. Keine Vorstellbarkeit.

Ich konnte auftreten lassen zwei Frauen, die tun mussten, als seien sie von selbst entstanden. Sie räkelten sich, dehnten sich weit über Berg und Tal. Sie wussten nichts von ihren Beinen, aber ihre Beine wussten alles von ihnen.

Vor dem Spiegel waren sie absolut konzentriert. Auf sich als Vollkommenheit. Es gab kein Wofür. Alles, was sie taten und waren, war an sich schön, war a priori schön, war transzendental schön. Beide stammten aus keiner Erfahrung.

Sie waren die Musik ohne Thema. Also Musik an sich oder schlechthin. Ihnen glückte alles. Sie bewegten sich, ohne zu prüfen, wie sie wirkten. Das hatte ich gerade noch geschafft: zwei Frauen in jeder Entfaltung und ohne Tendenz. Ein nicht beherrschbares Bedürfnis, solche Frauen erscheinen zu lassen. Dann die Sehnsucht nach ihnen! Sie waren das zu sich gekommene Wünschen. Also die Unerfüllbarkeit schlechthin. Und es gab Träume. Ein hausgroßer Frauenschuh, über und über bunt, taumelte vom Himmel und fiel hinter einem Berg zur Erde, sodass ich ihn nicht auftreffen sah. Er war gigantisch und trotzdem schön. Aufgewacht war ich nur ein Armseliger. Das Leben eine Strafarbeit!

Ich leide, also bin ich.

23

Zu viel Reisen bringt es mit sich, dass man nicht in jedem Augenblick sagen kann, wo man sich befindet. Im Zug war das leicht. Entweder Wagen 12 oder 14. Und wie immer im Großraum. Ziemlich voll. An meinem reservierten Platz 41 saß schon wer. Ich blieb stehen, um den, der da saß, so höflich wie möglich wissen zu lassen, dass er auf dem falschen Platz sitze. Er rührte sich nicht. Jetzt sah ich deutlich hin. Und zuckte zusammen wie von einem elektrischen Schlag getroffen. Der da saß, hatte vor ein paar Jahren gegen mich agiert. Und war kurz darauf gestorben. Ich musste mich damals richtig zusammenreißen, um diese Todesnachricht nicht mit Wohlgefallen zur Kenntnis zu nehmen. Und jetzt saß der auf dem für mich reservierten Platz 41. Und tat, als sei ich gar nicht da. Ich sah mich sofort nach einem freien Platz um. Ansprüche dieser Art pflege ich nicht zu vertreten. Aber was sah ich dann! Alle Plätze belegt. Und auf allen Plätzen Zeitgenossen, die ich kannte, die aber gestorben waren. Da wurde mir klar, wo ich war. Woran ich gestorben war, fiel mir nicht ein. Und alle diese Zeitgenossen hatten, als sie noch lebten, gegen mich gewirkt. Sie hatten mir das Leben schwergemacht. Als Vermieter, als Anwälte, als Kollegen, als Politiker, als entfernte Verwandte, als Nachbarn … Eine Schaffnerin kam, wollte aber keine Fahrkarte kontrollieren. Ich weiß Bescheid, sagte sie. Bleiben Sie ruhig stehen, der nächste Platz, der frei wird, ist für Sie. Ich stand.

Unmessbar lang. Aber anstrengungslos. Und plötzlich, wie auf ein Kommando, fingen alle an zu sprechen. Da alle gleichzeitig redeten, war nichts sofort zu verstehen. Ich glaubte, in dem Gerede komme mein Name vor. Und was sie sagten, war mir bekannt. Sie sagten, was sie, als sie noch lebten, gegen mich gesagt hatten. Trotz dieses Rededurcheinanders verstand ich allmählich alles, was sie sagten.

Jeden schien, was er sagte, anzustrengen. Jedes Wort bereitete ihm Schmerzen. Er musste aber, auch wenn er fast daran erstickte, gegen mich aussagen. Und ich musste alles, was je gegen mich gesagt oder geschrieben wurde, in endloser Wiederholung anhören. Allmählich wurde klar, dass das, was da geschah, kein Ende haben konnte. Ich war schuld an dem Schmerz, den jeder bei jedem Wort, das er gegen mich sagen musste, erlitt. Ich schrie laut auf. Aber ich brachte keinen Ton heraus. Es war dies deutlich eine Wiederholung dessen, was zu meinen Lebzeiten andauernd vor sich ging. Das Rededurcheinander war ein einziger scharf gleißender, unwidersprechbar überzeugender Text, dem ich schon dadurch, dass ich ihn verstand, zustimmte. Und ich verstand den Text, weil der Inhalt erhaben deutlich war: Alles, was ich je gedacht, gesagt, geschrieben, getan oder nicht getan hatte, war ein unanständig mieser Versuch, besser wegzukommen, als mir zustand. Das war der Text.

Allmählich war aus dem Rededurcheinander ein eherner Chor geworden, der aus meinem Lebenslauf das Schmierenspektakel machte, das er war. Ich merkte, dass von mir verlangt werden konnte, mich dazu zu verhalten. Und ich merkte, dass ich mich schon verhielt. Und ich merkte, dass ich durch mein Verhalten genau das praktizierte, was mir als mein lebenslanges, dreckiges Getrickse vordeklamiert wurde. Ich nickte, klatschte, trotzte und protzte in allen Variationen der Selbstpreisgabe, die mir erdenklich waren. Und eben dadurch, durch diese rücksichtslose Selbstpreisgabe, wollte ich mich bei allen hier dröhnenden Instanzen einfach anwanzen. Auf einmal auch noch weibliche Stimmen.

Erst jetzt sah ich, dass da, wo die Gepäckstücke aufbewahrt werden sollten, Frauen lagen. Eine nach der anderen. Sie schienen sich nicht wohl zu fühlen. Auf jeden Fall wanden und drehten und krümmten sie sich, als sei, worauf sie lagen, glühend heiß oder stachelig. Und alle zeigten, dass ich schuld war an ihren Qualen.

Was sie von sich gaben, verstand ich. Es war ein einziger Satz, zu dem jede ein Wort oder auch nur ein halbes Wort beisteuerte. Aus allen grellen schmerzschrillen Lauten entstand und blieb der Satz, dass sie erlöst wären, wenn ich sofort sagte, wie diese an der Wagenwand entlang über alle Sitze hinweg führende Fläche hieß, auf der die Gepäckstücke mitgeführt werden konnten. Die von der Bahn vorgesehene Bezeichnung! Gepäcknetz, sagte ich wie in großer Not. Und sofort von den unten Sitzenden ein Chor: Das war einmal. Tatsächlich konnte, was jetzt da starr und stark auf Gepäckstücke wartete, nicht Netz genannt werden. Also, also, also!

Die Frauenstimmen gingen in ein reines Geheul über. Sie erwarteten nichts mehr von mir! Die Männer produzierten weiter ihr Durcheinander, das Wort für Wort verständlich war und alles sagte, was je gegen mich gesagt werden konnte.

Ich verstand, dass es genau darum ging: Mir wird, was gegen mich gesagt werden muss, unter Qualen gesagt. Und das bis in alle Ewigkeit. Jetzt wusste ich, wo ich war. Die Schaffnerin sagte mir ins Ohr: Salon der Wahrheit. Und zeigte zu den Frauen hinauf und sagte: Gepäckablage. Ich sagte es nach. Die Frauen schienen erlöst zu sein. Die Männer aber nicht. Die würgten und würgten gegen mich hervor, was ich lebenslang verheimlicht hatte.

Ich rannte davon. Die Schaffnerin rief mir nach: Du verlierst mehr, als du gehabt hast! Und ich entkam doch.

Mir geht es ein bisschen zu gut.

24

Das hatte ich nicht bedacht, als ich die leere, musterlose Wand ihren Reiz entfalten ließ, dass ich abhängig werden könnte von der Leere und Musterlosigkeit.

Abhängigkeit deformiert.

Ich musste unabhängig werden.

Von mir.

25

Dann saß eine am Tisch, die war fast nicht mehr schlank und doch noch schlank und hatte wirklich zu große Brüste, die kein bisschen zu groß waren. Bei diesen Brüsten bleiben. Um Asyl bitten. Aber er stand dann einfach auf und ging hinauf in das Zimmer, das ihm zugewiesen war. Er fiel in einen leeren Sessel. Schließlich klopfte es. Er sprang auf, war an der Tür. Es war sie. Und reichte ihm seinen Schal. Den habe er vergessen. Und das sei doch ein ebenso schöner wie kostbarer Schal. Sie habe in ihrem Geschäft nie einen so kostbar schönen Schal gehabt. Da hatte sie den Schal schon ihm gegeben. Er hatte den Schal schon genommen.

Es sind die Farben Ihrer Bluse, sagte er. Rot-grün-schwarz.

Ja, aber bei mir in wilder Bewegung, bei Ihnen schön neben einander verlaufend.

Und er: Bei ihm triumphiere keine Farbe über eine andere, während bei ihr das Rot die anderen Farben besiege. Schon weil alles, was in ihrer Bluse rot sei, in runden Wülsten erscheine und Grün und Schwarz nur die Fläche bildeten für die roten runden Ausbrüche.

Sie schaute erstaunt. Auch an sich hinunter. Sie tat, als habe sie, was er sagte, noch gar nicht bemerkt.

Er hätte jetzt gern gesagt, dass der runde Ausschnitt ihrer Bluse und eine ebenso zarte wie scharfe Schattenlinie auf ihre Brüste neugierig mache. Und das umso mehr, als in ihrem Ausschnitt ein mehrstufiges Gehänge prangte, gehalten von einer zarten goldenen Kette. Und an den Fingern und Ohren ein diesem Ausschnittsaltar entsprechendes Leuchten in Blassblau. Das hing ja nicht, das lag auf der zur Brust ansteigenden Blöße. Lag zum Nicht-mehr-Wegschauen. Und war zu fein. Passte nicht zu ihr. Das ist ihr von einem Mann hineininszeniert worden. Das macht sie zum Opfertier!

So raste es in mehr als Lichtgeschwindigkeit in ihm herum. Sie stand ja schon zum Weggang bereit und sagte auch schon, dass sie ihm eine gute Nacht wünsche. Danke, gleichfalls. Mehr brachte er nicht heraus. Dann war sie weg. Er zurück in den Sessel. Morgen Termine. Eine Hotelnacht wie immer. Allerdings unterblieb, was sonst dazugehörte: der Anruf daheim. Er würde es seiner Frau morgen mit Kopfweh erklären.

Im Gerichtssaal erklärte er dann, der Portier habe ihm gesagt, welche Dame nach seiner Zimmernummer gefragt habe. Die habe auf sein Klopfen nicht sofort reagiert, aber dann eben doch. Sie habe einen Bademantel angehabt. Und wie sich dann herausstellte, unter dem Bademantel nichts. Aber davor noch: die Geschichte. Ihre Geschichte. Weil sie dann doch einen Schluck und mehr als einen Schluck mit einander tranken. Und sie redete, als müsse sie endlich reden. Sie heißt Liese Herbst und ist aus Niederlinddorf. Ist verabredet mit ihrem Mann bzw. Exmann. In diesem Hotel. Er kam nicht. Schon das dritte Mal, dass er nicht kommt. Er verabredet sich mit ihr nur, um sie daran zu hindern, dass sie ihn anzeigt. Er lebt jetzt hier in München, hat ihr Konto geplündert, ist dann abgehauen, zu einer

Zweiundzwanzigjährigen, die glaubt, mit ihm einen guten Fang getan zu haben. Liese Herbst ist jetzt mittellos. Ihr Geschäft in Niederlinddorf ist bankrott. Sie hat, seit der Mann weg ist, alles zerfallen lassen.

Der Staatsanwalt wollte wissen, wie es zu der Tat gekommen sei.

Sie haben alles getrunken, was die Minibar bot. Wein, Schnaps, Bier. Sie mehr als er. Er habe dann noch eine Flasche Moët & Chandon servieren lassen. Dann sei ihr schlecht geworden. Sie habe sich übergeben. Im Bett. Er habe ihr helfen wollen. Daran sei sie erstickt.

Ihr Gesicht, eigentlich ein schönes Gesicht, sei gezeichnet gewesen von Trauer und Erbitterung. Eine Karikatur der Verzweiflung. Ein zu Herzen gehender Vorwurf. Erlösung, habe er gedacht. Wenn irgendwo, dann tut hier Erlösung not. Eine Nacht gegen alles, was sie erlebt hatte. Vielleicht sogar eine Nacht, die aufwiege, was er schon hinter sich hatte. Eine Nacht in historischer Mission! Ein Zweifel an der Einmaligkeit dieser Nacht war nicht möglich. Und solange sie tranken, durfte er hoffen. Sie lachte nach jedem Schluck. Fast nach jedem Satz. Und sie sagte Sätze, die er noch nie von einer Frau gehört hatte. Von seiner Frau keinesfalls. Diese Frau aber konnte nur noch solche Sätze sagen, auf die ein Mann, glaube er, ein Leben lang wartet. Vergeblich wartet. Und diese Sätze seien es gewesen, die ihn überhaupt zum Mitmachen gebracht hätten. Nicht nur zum Mitmachen, er wollte sie überbieten. Es wurde ein Wettkampf, wer kann noch wüster, noch gemeiner, noch ordinärer, noch unanständiger reden als der andere. Was sie taten, war, verglichen mit ihrer Rederei, lächerlich. Und dann ihr Zusammenbruch. Ein nicht mehr aufhörendes Erbrechen. Und seine Hilfe. Dann ihr Tod.

Er wurde freigesprochen.

Seine Frau, die er mit so viel Sorgfalt wie Mühe hatte überzeugen können, dass es sich nicht lohne, dieser Gerichtsverhandlung beizuwohnen, sie begnügte sich dann damit, wieder einmal zu sagen: Du siehst, wo du hinkommst mit deinem ewigen Mitleid.

26

Manchmal musste ich etwas mitteilen, was, wenn es nicht neu war, doch neu wirkte. Auf mich. Mir war es neu. Mir kam es neu vor.

Immer diese Mühe der Selbstverkleinerung. Immer die Angst, ich könnte für kühn oder anmaßend oder angeberisch gehalten werden. Oft wusste ich, wenn ich vor Selbstverkleinerungsmühe erschöpft war, nicht mehr, was überhaupt der Anlass der Selbstverkleinerung gewesen war.

Ich versuche also zu sagen, dass das, was ich jetzt mitteilen möchte, neu ist. Wenigstens für mich. Und merke gleich, dass ich diese Vorsicht gar nicht gestehen müsste. Wenn, was ich mitteilen will, neu ist, dann wird es jeder, der lesen kann, als neu erleben. Wenn es nicht neu ist, dann wird das auch jeder Leser selber sehen, egal, wie ich formuliere.

Kann ich jetzt endlich mitteilen, was noch nie jemand mitgeteilt hat? Soweit ich weiß. Also.

Ich konnte etwas suchen, ohne dass ich wusste, was ich suche. Das ist, glaube ich, wert, mitgeteilt zu werden. Ich suchte überall. Schubladen, Schränke, Regale. Da ich nicht wusste, was ich suche, konnte es überall sein. Ich wurde nicht sofort unruhig oder hastig oder panisch oder cholerisch, wenn ich, was ich suchte, nicht fand. Das war überhaupt das Besondere meines Suchens. Meine Nerven schienen nicht beteiligt zu sein. Da ich nicht zum ersten Mal suchte, ohne zu wissen, was ich suche, war ich darauf vorbereitet, lange zu suchen, ohne das zu finden, von dem ich nicht wusste, dass ich es suchte. Und das Wichtigste, alles Entscheidende: Ich habe durch diese Art des Suchens immer wieder etwas gefunden, etwas Überraschendes. Immer etwas, nach dem ich nie hätte suchen können, weil ich gar nicht mehr wusste, dass ich es hatte. Die Freude war jedes Mal groß. Zum Glück hatte ich wieder einmal gesucht, ohne zu wissen, was ich suche. Es gehörte offenbar schon eine Art Urvertrauen dazu, stundenlang oder tagelang oder wochenlang zu suchen, ohne zu wissen, was man sucht. Entsprechend groß war dann die Freude, wenn man etwas gefunden hatte, was man nicht hat suchen können, weil man nicht mehr wusste, dass man es hat. Was man so fand, darf man Glücksgegenstände nennen.

Und dieses Suchen nach nichts darf heißen:
Ich suche, also bin ich.

27

Auch ich wäre gern gut gewesen. Ich wusste, was mir fehlte zum Gutsein, Wahrsein, Schönsein. Solange du nicht gut sein konntest, wurde alles zum Ersatz. Auch das Geständnis. Dann doch gleich noch ein Geständnis: Man kann darunter leiden, dass man keine Gelegenheit hat, auch einmal böse zu sein. Ich wollte böser sein, als sie mich machten. Dazu gehört Macht. Die hatte ich nie.

Man kann die Armut nicht umarmen.

Die Leere dröhnt, die Armut geht spazieren. Hüpf höher, liebe Depression! Weltrekorde sind geil auf dich. Dich siedet die Sehnsucht.

Du sehntest dich nach etwas, nach dem du dich hättest sehnen können. Deine Sehnsucht hatte kein Ziel mehr. Gegenstandslos, war sie nur sie selbst. Aber so schmerzlich wie immer. Der Stein, den ich gewälzt habe, war ich selbst.

Ausgesetzt auf den Spitzen meiner selbst.

Nichts, was ich erlitt, stammte nicht von mir.

Unwillens voll, gesporn vom Überdruss, von mir gelähmt, ein Drang nach nichts.

28

Trotz aller Maßnahmen war ich nicht Herr meiner selbst. Gewisse Gedanken hätte ich gern gemieden. Das gelang nicht. Wenn ich das und das dachte, denken musste, war ich nachher wund. Nicht zu genügen tat weh. Das zu empfinden war ich offenbar talentiert. Ich war ungeeignet, wofür ich ganz und gar geeignet sein wollte. Und fand mich immer mit diesem Ungeeignetsein beschäftigt.

Das Wort Unglück habe ich abgelehnt. Das sei ein Wort für den Wetterbericht. Ein Wort für die Gefühlsverwaltung.

Es gab immer einen Menschen, durch den ich erlebte, dass ich nicht genügte. Und wenn ich so tat, als sei das eine brauchbare Redensart: Es gab immer … usw., dann war das ein Versuch, mir vorzumachen, mein Nichtgenügen durch eine Reihung von Ähnlichem seiner Schärfe zu berauben. Nichts war unmöglicher, als mein Ungenügen durch Vergleiche zu entschärfen. Es war immer so schlimm, wie es noch nie war. Mein Ungenügen war ein Magnetfels, der mein Schiff aus seinem Kurs riss, dass es an einem Felsen zerbreche.

Es gibt kein Bild, das die Anziehungskraft dieses Denkzwangs ausdrücken kann. Weil du dir selber nie genug warst, musstest du anderen genügen, auch wenn an deinem Ungenügen kein Zweifel mehr möglich war. Den Dreck, in dem du lagst, scheutest du nicht, aber die Blicke der Vorübergehenden. Sie gingen zum Glück vorüber, aber das Herabschauen und Murmeln konnten sie nicht lassen.

Hilft es, daran zu denken, dass es mehrere Menschen waren, denen du nicht genügtest? Und: dass du das als Machtausübung erlebtest? Sie hatten die Macht, dich erleben zu lassen, dass du ihrem Anspruch nicht genügtest. Aber atemraubend war nur der Anspruch eines einzigen Menschen. Den es immer gab. Du versuchtest, deine Gefühle zu fälschen, sie so sehr zu fälschen, dass du nicht mehr der warst, der immer nicht genügte. Du musstest einfach der sein, der du nicht warst. Das war unmöglich. Aber ich konnte nicht leben ohne das Unmögliche. Ich war ein steuerlos treibendes Schiff, hin und her geworfen von Stürmen jeder Art. Ich habe mich treiben lassen müssen auf dem Ozean namens Unmöglichkeit. Was sich in meiner Leere ausdrückte, war ein auf Hochtouren laufendes Nichts. Ich kam mir vor wie ein gelöstes Rätsel. Herausgekommen ist Unmöglichkeit.

Ich bin unmöglich, also bin ich.

29

Sprechen ging nicht. Sie fuhr ja so schnell, weil ich diesen Termin hatte in Rotterdam, beim Internationalen Gerichtshof. Das Auto war viel zu klein für dieses Tempo. Immer wieder riss sie in letzter Sekunde das Auto zurück in die Straßenmitte. Sprachlehrerin in Amsterdam. Eine Vorarlbergerin. Und schon stand ich allein im leeren Saal. Dann zog doch noch das Hohe Gericht ein. Richterinnen. Kein Richter. Mehrere an Krücken. Die Vorsitzende gab ihre Krücken einem Diener. Dann las sie. Das Urteil einstimmig: Unschuldig schuldig. Ein Knall. Ein Gewitter. Ich erwachte. Dachte noch, wie finde ich jetzt die Vorarlbergerin. Merkte: Es war ein Traum. Unschuldig schuldig. Ich hatte mir angewöhnt, Träume nicht in die Tagessprache zu übertragen. Bei diesem Traum fiel mir das schwer.

30

Ich hatte Angst. Vor Krebs. Vor Zungenkrebs. Die Nachricht: Nikolaus Riederle ist gestorben. Zungenkrebs. Der mildeste Mann, den ich kannte. Wenn man die Möbel wahrnimmt, die er machte, fangen sie an zu erzählen. Meister Riederle hat immer bestimmt, wann die Stämme, die er braucht, gefällt werden. Es kam auf den Mond an und auf die Sterne. Auf seinem überdachten Holzplatz ließ er den Hölzern Zeit, bereit zu werden für das, was er mit ihnen vorhatte. Ob Kirsche, Birne, Buche oder Fichte, er verstand alle Baumsprachen. Ob ein Holz Kommode oder Tisch oder Schrank werden wollte, er verstand, was fällig war. Die Geduld der Bäume, sagte er immer, der muss man sich fügen. Dann Zungenkrebs. Der Unterkiefer wurde mit einem Knochen aus dem Oberschenkel ersetzt. Dann starb er. Aber während er starb, lag seine Katze in seiner Mütze und gebar vier Junge. Bello, sein Deutsch Kurzhaar, wich nicht von seinem Bett. Der Tierarzt hatte die Spritze in der Hand, Bello biss ihn. Bello musste erschossen werden.

Seine Lehrlinge lieben ihn. Seine Möbel leuchten. Wenn man den Teufel zulässt, kann man sagen: Meister Riederle starb an Zungenkrebs, weil er mit dieser Zunge immer nur die Wahrheit sagte.

31

Obwohl ich vorsichtig sein wollte mit Wörtern, um nicht im philosophischen Schlendrian zu enden, erwartete ich noch etwas von der Sprache. Ich wehrte mich gegen diese Erwartung. Ich wollte mir entsprechen, nicht der Sprache. Wo mein Blick hingerät, bleibt er. Ich wollte mich nicht an der Sprache rächen, wollte nicht Wörter streichen, die mein Leben bestimmt hatten, zum Beispiel WARTEN, GEDULD, ZEIT usw. Ich hatte meinen Frieden gemacht mit dem Sprachschlendrian. Ich war gegen nichts mehr. Auch wenn es noch Momente der Versuchung gab. Sie waren um mich herum wie Blumen, deren Namen ich nicht wusste. Und, so unabgelenkt, wie ich jetzt war, nicht wissen wollte. Was jetzt war, hatte so wenig mit dem früheren Leben zu tun, dass ich das Tätigkeitswort LEBEN nicht mehr brauchte. Zu sein genügte. AUFHÖREN bot sich an. Ich lehnte es ab. Ich gründete für Wörter, von denen ich mich nicht mehr zu etwas verführen lassen wollte, ein Quartier, das ich Fremdenlegion nannte. Auch SEHNEN gehörte dahin. Dieses ewige Sich-Sehnen! Nie sein, wo ich war. Immer dort sein wollen, wo ich nicht war und nicht sein konnte. Ich musste solche Wörter endlich auswandern lassen aus mir. In mir wuchs Raum. Wuchs ein Baum voller Erlösungsfrüchte. Ich fühlte … mich! Je mehr ich von Wörtern erwartet hatte, desto weniger haben sie mir gegeben. Erlösung! Auch das noch! Ein Fremdwort! Aus welcher Sprache stammt es? Ich verstand dieses Wort nicht. Nicht mehr. Ich wusste nicht einmal mehr, ob ich es je verstanden hatte und was es, wenn ich es verstanden haben sollte, bedeutete. Aufdringlich der Alt-Text. Erlöse uns von allen Übeln. Amen. Aber wie, bitte, was? Durfte es Wörter geben, die nichts sagen? War das überhaupt ihre Funktion, nichts zu sagen? Uns etwas vorzumachen? Und uns genügte es dann, dass wir statt etwas ein Wort haben? Ich wollte mich weigern. Ich wollte dieses Wort exportieren. Fortschicken in die Fremdenlegion für Wörter, deren Wirkung ich nicht mehr ausgesetzt sein wollte. Ein Fehler damals: Es hätte genügt, die Wörter aus dem Paradies zu vertreiben zur Wiederherstellung desselben.

32

Vorlaut, wie er oft war, war ihm irgendwo der Satz entfahren: Nur die unfreiwillige Einsamkeit zählt. Und schon war er Kurator einer Ausstellung mit dem pompösen Titel *Einsamkeit, eine europäische Erfindung*. Dann musste er auch noch einen animierenden Flyer schreiben. Und schrieb:

Dass du allein bist, kannst nur du dir sagen. Außer dir weiß es niemand. Das ist des Alleinseins Eigenheit. Dir ist alles gleich, außer dass du allein bist. Zu beklagen ist nichts. Beweinen erlaubt. Alles ist dem, der allein ist, erlaubt. Freier kann keiner sein. Er kann tun, was er will. Tut aber nur, was ihm guttut. Was tut dem, der allein ist, gut? Das muss erforscht werden. Es ist, als hätte der, der allein ist, keine Ohren. Musik fällt aus. Die Augen sind dir ausgestochen vom Alleinsein. Nichts in Sicht. Schön, schöner, allein sein! Also wahnsinnig werden vor Glück.

Aber so notierte er für sich: Das Alleinsein ist ein Herumschauen und Sichfestsaugen und Abgleiten, ein Zubodengehen, ein vor Nichtbemerktwerden jähes Zergehen. Es gibt keine die Lebensfähigkeit einschränkendere Bedingung als Einsamkeit! Einsamkeit ist Ideologie.

Es genügt, allein zu sein. Wende dich an keinen. Bleib in der Zeile, die du schreibst. Kündige den Zusammenhang.

Bei der Eröffnung der Ausstellung musste er anwesend sein, aber nicht sprechen. Fachleute jeder Art würden über Einsamkeit sprechen. Schon vor der Eröffnung wurde ihm von Kompetenten gratuliert: Einsamkeit war ein Thema, auf das offenbar alle gewartet hatten. Er schaute nicht an, was verschiedene Fakultäten zusammengetragen und zu einer Ausstellung gemacht hatten. Er musste bei der Eröffnung einen überraschten, gerührten, hingerissenen Gesichtsausdruck präsentieren: für das Publikum, vor allem für die Fotografen.

Je näher der Eröffnungstag kam, desto mehr wuchs in ihm eine Art Angst. Was würde in den Zeitungen über SEINE Ausstellung stehen? In den Vorberichten war die Ausstellung immer öfter SEINE Ausstellung genannt worden. In den Zeitungen würden nicht die Alltags-Berichterstatter schreiben. Die Redaktionen waren sicher schon in Kontakt mit so genannten Fachleuten. Und wer war ein Fachmann für Einsamkeit?

Je näher der Eröffnungstag kam, desto deutlicher wurde in ihm die Vorstellung, dass das ein Tag für alle werden würde, die etwas gegen ihn hatten. Oder so: Auch die, die nicht seine Gegner oder gar Feinde waren, mussten, wenn sie ihn als Kurator einer Ausstellung über Einsamkeit sahen, merken, was sie gegen ihn hatten. Das war ihnen bisher vielleicht noch gar nicht bewusst gewesen, aber jetzt ist er Kurator einer Ausstellung über Einsamkeit, jetzt wissen sie Bescheid! Was sie immer schon gegen ihn hatten, jetzt wurde es zur Gewissheit. Da gerierte sich einer als Fachmann für Einsamkeit! Und dann schreibt er auch noch diesen Werbe-Flyer …

Und es war keine Überraschung, dass XYZ es sich nicht nehmen lassen würde, die Ausstellung zu besuchen und darüber zu schreiben. XYZ. Das sind im Kulturleben die Macht-Initialen schlechthin. Er konnte nicht mehr wegdenken von diesen unsere öffentliche Meinung, soweit sie mit Kultur zu tun hat, beherrschenden Initialen.

Das führte dazu – es lässt sich nicht anders sagen –, dass er wenige Tage vor der Eröffnung morgens aufwachte und feststellte, dass er viereckig war. Alles in ihm und an ihm fühlte sich viereckig an. Ein leichter Schmerz im Unterleib, er spürte ihn als ein Viereck. Das an Schmerz grenzende Gefühl im Kopf: eindeutig viereckig. Die Viereckigkeit war offenbar Ursache eines Unwohlseins, das immer deutlicher schmerzhaft wurde. Und weil man sich sofort irgendwelcher Einbildungen verdächtigt, war unanzweifelbar festzustellen: Diese ihn schmerzhaft beherrschende Viereckigkeit war keine Einbildung! Jeder Schmerz in ihm war diktiert von einem Schmerzort, einer Schmerzgegend. Im Bauch, im Kopf, in der Brust und sogar im Hals, hochwachsend, Luftnot stand bevor.

Er geriet in ein Rasen. Auch gegen Franz Kafka. Was für ein Unsinn, den Menschen, der sich gezwungen sieht, im Bett zu bleiben, als ein Ungeziefer zu sehen. Oder es handelt sich da um einen, der einen vermögenden Vater hat, der kann sich leisten, sich solchen Einbildungen hinzugeben. Natürlich ein Ungeziefer mit Hunderten von Beinchen. So was kann im Bett bleiben. Vor dem scheut die Welt zurück. Der kann untergehen. Und alle durch seinen Untergang beschämen! Aber du hast die ganze Zeit, während deine Viereckigkeit zunahm, gewusst, dass du wieder aufstehen und hinausmusstest. Die Kinder, die Frau! Sie kamen herein wie gewöhnlich, um ihn endlich zum Aufstehen zu bringen. Von seiner Viereckigkeit bemerkten sie nichts. Sie hielten sein Liegenbleiben für eine Laune, für Faulheit sogar.

Los, los, auf, stell dich nicht so! Hieß es. Von den Kindern verlangst du es auch!

Das stimmte. Immer wenn eins angeblich nicht aufstehen konnte, kam er und erzwang noch jedes Mal das Aufstehen. Es war keine Woche her, da weigerte sich B. aufzustehen. Ihr Freund hatte seinen Besuch angekündigt. Sie wollten mit einander nach Rom fahren. Sie sagte, sie könne nicht aufstehen. Was ihr fehle? Sie fühle sich starr, erstarrt, wie erfroren usw. Natürlich musste er sie zwingen aufzustehen. Das heißt, er musste Hand anlegen.

Noch schwerer war es neulich, L. aus dem Bett zu bringen. Sie studiert noch. Schon das dritte Fach. Ist fast fertig. Aber ihr wird von den Professoren gesagt, sie sei zu langsam, so langsam, wie sie arbeite, werde sie niemals das nötige Geld verdienen. Sie wurde auch immer dünner. Wenn er ihr sagte, dass sie schon arg mager sei, sagte sie, er solle sich nicht über sie lustig machen. Sie wisse über ihre Hamsterbacken Bescheid.

Also ihm konnte vorgehalten werden, wie grob er werden konnte, wenn eines der Kinder einmal nicht bereit war aufzustehen. Ihm fiel jedes Mal etwas Drohendes ein, das die Kinder oder auch die Frau zwang, wieder aufzustehen, wieder mitzumachen.

Aber diesmal wusste er: Aufstehen unmöglich. Er war schon zu viereckig. Dieser blöde Kafka mit seinem Ungeziefer, vor dem alle wegrennen! Da war es keine Kunst, liegen zu bleiben! Luxuslektüre ist das! Unwahr bis zum Grund! In Wirklichkeit: Du bist durch und durch viereckig, aber keiner bemerkt das! Die halten das für eine bizarre Laune!

Und er wusste, wie er viereckig geworden war. An diesem Vormittag war es ihm endlich klargeworden. Siebzehn Jahre war das her, da wurde der erste Schlag getan, der seine Viereckigkeit einleitete. Es war in Frankfurt. Weil Adorno da geboren worden war, sollte aus irgendeinem den Medien genehmen Jubiläumsgrund dort diskutiert werden der am häufigsten von ihm zitierte Satz: *Es gibt kein richtiges Leben im falschen*. Und weil er irgendwo, irgendwann gesagt hatte, er bezweifle, dass die, die diesen Satz dauernd gebrauchen, wissen, dass es ein Satz über Wohnungseinrichtungen ist, musste er jetzt mitdiskutieren. Tatsächlich war er der Meinung, jeder, der den Satz zitiere, meine ihn kritisch gegen andere, keiner meine je sich selbst. Der Satz stammt aus *Minima Moralia*. Der zweite Satz heißt da: *Eigentlich kann man überhaupt nicht mehr wohnen*.

Er hatte erlebt, dass Leute nach ihren Vorhängen oder Teetassen beurteilt wurden. Darüber hatte er sich vielleicht zu leichtfertig erhoben, also musste er dann gegen lauter Gelehrte verteidigen, dass er überhaupt dagegen war, aus Wohnungseinrichtungen so weitgehende Schlussfolgerungen zu ziehen. Es sei, so seine These, die undeutliche, aber negative Potenz, die diesen Satz zum Lieblingssatz für jeden gemacht habe, der sich selber im richtigen Leben, andere aber im falschen sah. Aber sein eigentliches, das ausschlaggebende Versagen war, dass er sich nicht beherrschen konnte und den Gelehrten eine Geschichte auftischte, mit der er seine Unzuständigkeit für Adorno bewies.

Dreimal habe ich Adorno erlebt. So fing er groß an. Beim ersten Mal hat mir Adorno leidgetan, weil er dem die Nacht und überhaupt alles verschlingenden Redestrom Ernst Blochs nur mit filigranen Gesten antworten konnte und dadurch wirkte wie etwas Feines, das in etwas Heftigem untergeht. Beim zweiten Mal im Funk, es wurde der Diskurs der sechziger Jahre gepflegt, und danach waren wir gesprächslüstern in einer Edelkneipe mit dunklen, wenn nicht schwarzen Wänden, im perfekten Bühnenbild für *Huis clos* eben. Dem Philosophen zugeordnet jetzt eine weißhäutige Verehrerin, deren grelle Haarfarbe beabsichtigt gewesen sein muss. Da blieben nur Drumrumsitzen und Rauchen. Beim dritten Mal aber gab es die Chance für eine Begegnung. Ein alle Räume und Stockwerke füllender Empfang. Der Philosoph wollte die Treppe hinauf, ich auch. Die Treppe war Stufe für Stufe belegt und belagert. Breit war sie ohnehin nicht. Bevor sie wendete, stockte alles. Wir kamen nicht weiter. Der Philosoph sah zu mir, der nur eine Stufe unter ihm stand, herab. Deutete das Nicht-mehr-weiter-Können an. Ich könnte mir vorstellen, dass es mir egal war, wo ich war. Nun waren wir also eingeklemmt. Und da sagte der Philosoph mit schmeichelhafter Betonung des ersten Wortes: WIR zwei müssten einander doch öfter sehen. Das klang so, als wolle er sagen: Gerade wir zwei … Leute wie wir … Es klang so freundlich, dass es grotesk unbescheiden gewesen wäre, wenn ich auch noch zugestimmt hätte. Ich konnte auf jeden Fall ein häufigeres Sehen nicht als erwünschte Selbstverständlichkeit vorschlagen, weil ich deutlich spürte, dass ich schon jetzt, wo der Menschenstau uns zusammenführte, zusammenhielt, nichts zu sagen wusste, was für einen Philosophen hätte anhörenswert sein können.

Pfarrern und Philosophen gegenüber war er unrettbar befangen.

Zuerst sei er nur Pfarrern gegenüber so befangen gewesen. Die Philosophen haben dann offenbar die in seinem Lebenslauf leer gewordenen Pfarrerstellen besetzt. Der dröhnende Franziskaner Bloch. Der fein zugreifende Benediktiner Adorno.

So stand er also stumm unter der freundlichen Floskel und dachte: Öfter sehen?! Wo ihm jetzt schon nur Sätze einfielen, die er nicht sagen konnte.

Das war, wie er nachträglich zugeben müsse, kein Beitrag zum Thema gewesen.

Der eigentlich lobenswerten Absicht, Adornos am Geburtsort zu gedenken, sei durch seine auf der Oberfläche dahinplätschernde Rederei leider kein Erfolg beschieden gewesen. Ihm wurde sogar eine ins Politische reichende, ganz und gar entsetzliche Denkart unterstellt.

Und so hatte der Feuilletongewaltige seinen Artikel überschrieben: *Das deutsche Desaster.*

Und dass es das war, war deine Schuld. Du hast den exzellenten Satz des großen Philosophen auf kleinbürgerliche Geschmacksfragen heruntergeredet. Das las er am nächsten Morgen in der Frankfurter Zeitung. Geschrieben von der Autorität selbst. Was die schrieb, durfte nicht hinterfragt werden.

Während er das las, merkte er noch nichts. Er las, dass von ihm nichts Besseres erwartet werden konnte als das, was er dann lieferte. Nachdem er das, auf einem Stuhl sitzend, gelesen hatte, merkte er, dass seine Füße nicht mehr bis zum Boden reichten, sondern in der Luft baumelten. Er ließ sich vom Stuhl herunter, ging ins Bad, trat vor den Spiegel. Er war kleiner geworden. Er musste zurück aufs Bett. Dann wieder ins Bad, wieder vor den Spiegel. Nicht dramatisch. Und doch! Oder eine Einbildung? Er setzte sich wieder auf den Stuhl. Mit den Schuhspitzen erreichte er gerade noch den Boden.

Zum Glück fuhr er allein mit dem Zug zurück nach München. Sah keinen Bekannten. Wurde von niemandem, der ihn kannte, gesehen.

Daheim, nichts. Weder Frau noch Kinder bemerkten, dass er kleiner geworden war.

Er war schon bereit, dieses Kleinergewordensein für die Folge eines Katers zu halten. Eines Bewusstseinskaters! Warum nicht!

Dann aber das Telefongespräch mit Regina von Coeli. Sie war eine Kollegin des Feuilletongewaltigen. Sie war schon damals eine Intellektuelle, die anders redete und schrieb, als man es in diesem Milieu gewohnt war. Ihre Urteile waren immer auch von der Sonne des Gefühls beschienen. Selbst wenn sie strikt kritisch sein musste, ließ sie dem, den sie kritisierte, noch ein Quäntchen Daseinsrecht. Von ihr kritisiert, musste man sich nicht das Leben nehmen.

Er telefonierte damals mit ihr aus diesem und jenem Anlass. Einige Tage nach dem *deutschen Desaster* war sie es, die anrief. Und was sie sagte, wurde für ihn zur Sensation. Was sie sagte, sagte sie lachend. Das hieß, das sei kein bisschen ernst zu nehmen. Auch ihr Kollege, von dem ihr Anruf handelte, habe kein bisschen ernst genommen, was er, als er am Montag in die Redaktion kam, mit einer Mischung aus Jux und Protzerei zum Besten gab. Nur dass alle in der Redaktion begriffen, mit was für Verrücktheiten man in diesem Beruf rechnen müsse, einem Beruf, der doch dem Maßnehmen gewidmet und verpflichtet sei, nur deshalb bekenne er, dass ihn sein Artikel über das deutsche Desaster um zirka zehn Zentimeter habe wachsen lassen. Dass es sich um eine pure, vielleicht sogar philiströse Einbildung handle, sei gewiss. Seine Frau sei, als er ihr dieses Größergewordensein anvertraute, aus dem Lachen nicht mehr herausgekommen. Und Regina von Coeli schloss dann: Das sei doch wieder das Sympathische an ihrem zum Rechthaben geborenen Kollegen, dass er, wenn er sich verrannt habe in einem Artikel, dass er dann zugebe, es handle sich in dem Artikel nicht mehr um ein Urteil, sondern um eine Art Selbstvergrößerungssucht.

Er habe dann die Kolleginnen und Kollegen gebeten, ihn jetzt nicht prüfend anzuschauen. Es genüge, dass er das Gefühl habe, er brauche bald einen Anzug um eine Nummer größer. Aber dazu habe es auch seit längerem durch Gewichtszunahme Grund genug gegeben. Und verschwand in seinem Zimmer. Und alle klatschten. Das war wieder eine Nummer, um derentwillen man den Rechthaber lieben müsse.

Er stimmte ihr zu, sosehr er konnte. Sie merkte nicht, in welche Stimmung sie ihn gebracht hatte.

Er war kleiner geworden. Auch wenn er es nicht in Zentimetern ausdrücken konnte. Und er merkte in den Wochen danach, dass er, sooft er an Jenen dachte, wieder kleiner wurde. Da das jetzt längst hinter ihm liegt, kann er, muss er berichten, was dann passierte.

Nicht mehr an den zu denken war nicht möglich. Der kam zu oft vor in allen möglichen Zusammenhängen. Und er erlebte jedes Mal dieses Kleinerwerden. Er musste fort. Er nahm Einladungen in die USA an, die er bis dahin hinhaltend beantwortet hatte. Er verließ die Familie, flog und floh in die USA. Universitäten, die glaubten, von ihm profitieren zu können, gab es.

Und dann die Sensation: Sobald er in West Virginia und dann in New Hampshire war – er konnte an Jenen denken, sooft er wollte –, kein Kleinerwerden. Und noch interessanter: Bei den Telefongesprächen mit Regina von Coeli fing sie davon an, dass der Kollege das Thema Größerwerden nicht lassen könne. Er fühle sich verpflichtet, da er doch sein Größerwerden so lauthals verkündet habe, zu sagen, seit einiger Zeit merke er, dass er nicht mehr größer, sondern kleiner werde. Tatsächlich hast du dann überlegt, ob du nicht für immer drübenbleiben solltest. Je länger du in den USA warst, desto kleiner wurde Jener! Wenn das kein Grund war für eine endgültige Emigration!

Das alles war siebzehn Jahre her. Dass er, je weiter er weg war von Deutschland, umso beständiger war in der Körpergröße, war nicht zu bezweifeln. Dann aber die unvermeidliche Rückkehr! Ein drastisches Kleinerwerden. Er erlebte, dass Menschen, während er mit ihnen sprach, größer wurden. Kein Wunder, dass er während eines solchen Gesprächs kleiner wurde. Er begriff, Jener hatte gewirkt. Es kam sogar vor, dass er, allein zu Hause am Schreibtisch sitzend, plötzlich merkte, dass seine Füße nicht mehr bis zum Boden reichten, also in der Luft baumelten. Und Tage später erfuhr er, was eben zu dieser Zeit von dem und dem da und da gegen ihn gesagt worden war.

Zum Glück erlebte er, dass er über Nacht alles an Größe zurückgewann, was er tagsüber eingebüßt hatte. Er hütete sich, sich zu messen. Er hatte Angst, seine erneute Größe-Unbeständigkeit in Zentimeterzahlen zu erleben. Er könnte also bis heute nicht sagen, das Kleiner-und-wieder-Größerwerden habe sich in dem und dem Zentimeterbereich abgespielt. Er ist kein Naturwissenschaftler. Der würde natürlich versuchen, sich dieses Phänomen zu erklären. Aber das war doch das Schöne in seinem Beruf, dass er etwas erlebt und auch erträgt, ohne dass er es sich erklären kann. Und das wusste er seit langem: Das verständnislose Erleben einer Erfahrung macht die Erfahrung intensiv!

Zum Glück ist diese Unbeständigkeit vorbei! Er hat also offenbar zugenommen an Beständigkeit.

Erst jetzt, da er sich als viereckig erlebte, wurde er wieder daran erinnert. Vielleicht auch, weil wieder Jener im Spiel war.

Zwei Tage vor der Eröffnung der Einsamkeitsausstellung hörte er ein leises Klopfen an der Tür zu seinem Arbeitszimmer. Es war um Mitternacht. Er war mit seiner gewöhnlichen Arbeit beschäftigt: wie aus Erfahrungen Gedanken werden.

Die Tür ging langsam auf, eine Frau trat ein und sagte: Wilhelma. Als sie sah, dass er damit nichts anfangen konnte, fügte sie hinzu: Kafkas Schwester. Da er nicht zugeben konnte, dass er von einer Schwester Kafkas mit diesem Namen nichts wusste, sagte er so ja, als sei jetzt alles klar.

Komm, sagte sie.

Ihm fiel nichts anderes ein, als zu sagen: Gestern war Agamemnon da.

Ja, sagte sie, ich weiß.

Jetzt nahm er ihre angebotene Hand und ließ sich führen. Erstaunlich, wie gut sie ihn und sich durch die nächtlich dunkle Wohnung bugsierte, die doch seine Wohnung ist. Er lebte wahrlich nicht allein, sondern mit einer an ihm, an allem, was er macht, hochinteressierten Frau. Eine von dieser Frau erfundene Pflicht ist es, niemanden zu ihm zu lassen, bevor sie nicht weiß, ob ihm dieser Besuch recht sein würde oder nicht. Und jetzt Kafkas Schwester, die mit ihm auf vorerst unerklärliche Weise an Ellen vorbeikommt.

Klar ist auch, dass ein solcher Besuch erst kommt, wenn man schon zu schwach ist, sich zu wehren. Und er war in jener Nacht so schwach, dass er, was mit ihm geschah, einfach geschehen lassen musste.

Die bevorstehende Ausstellungseröffnung konnte ihn in jedem Augenblick in eine Panik stürzen. Gegen solche Panikanfälle rettete er sich tagsüber in eine Art Reglosigkeit. Er sitzt dann am Schreibtisch und legt die Beine auf die Schreibtischplatte. Das wirkte auf ihn, als könne er so sitzen bleiben wenigstens für immer. Erlöst von dem Drang, immer noch eine und noch eine Bewegung zu machen. Anders muss er doch seine ihn von Tag zu Tag härter beherrschende Viereckigkeit gar nicht verstehen. Und da also tritt ein Kafkas Schwester und führt ihn aus seiner Viereckigkeit hinaus.

Jetzt sieht natürlich jeder ihren Bruder vor sich. Das muss ich korrigieren. Nicht dieses schmale Gesicht mit den aus tiefen Höhlen brennenden Augen. Wilhelma hatte zwar diesen unsterblichen Blick, aber er kam überhaupt nicht aus dem schmalen, dem Blick kaum als Fassung dienen könnenden Gesicht. Wilhelmas Gesicht war breit. Wangen wie eine alles tragen könnende Landschaft. Ein Mund, dem nichts so fremd war wie Verlegenheit. Während man doch vom Bruder wusste, dass er seinen Mund vor lauter Scheu und Scham am liebsten selbst gegessen hätte.

Und das Wunder aller Wunder: von Viereckigkeit nichts mehr zu spüren. Andererseits, von Kafkas

Schwester geführt, da muss man sich doch über nichts mehr wundern!

Da, wo unsere Straße auf die nächste trifft, bog Wilhelma nach rechts ab und dann noch einmal, in die Tizianstraße. Da wusste er, wohin sie ihn führte.

Sind Sie verrückt, fragte Jener, mitten in der Nacht! Sie haben Glück, dass meine Frau nicht da ist, die hätte Ihnen was gesagt!

Es war klar, dass jetzt erklärt werden musste, warum er mitten in der Nacht den prominentesten Geistesmenschen der Stadt herausläute.

Zum Glück sagte Jener selber, was jetzt gesagt werden musste. Und das in seiner virtuosen Art, die keinen Satz ohne Pointe ertrug. Sein Besucher, sagte er, könne also nicht mehr schlafen, weil er übermorgen die Ausstellung *Einsamkeit, eine europäische Erfindung* eröffnen werde und wisse, dass er darüber schreiben müsse. Und dafür, dass er wahrscheinlich, wie es seine Pflicht sei, etwas Kritisches über die Ausstellung zu schreiben habe, strafe ihn der Besucher schon in dieser Nacht mit sinnloser Ruhestörung. Da aber seine Frau bei ihrer Schwester in Nizza sei, meide er das Bett, so gut es geht, also sei der Versuch, ihn mit Ruhestörung zu strafen, schon mal missglückt. Und wie der Besucher zugeben müsse, passe das in die Serie ihrer Begegnungen: eine missglückte Aktion mehr! Kein gutes Vorzeichen für die Eröffnung der Ausstellung übermorgen Abend. Habe der Besucher dazu etwas zu sagen, was ihm zwischen Tür und Angel stehend, nicht eingefallen sei, soll der Störer es sagen, aber bitte bald, denn ewig mit ihm im Halbdunkel und auch noch halb im Freien zu stehen sei nicht gerade ein Genuss.

Das hätte man vorher wissen können, dass Jener, wenn er überhaupt etwas sagen würde, nicht so schnell wieder aufhören könnte. Und auch dieses Ineinander von Mitleid und Hohn war typisch Jener.

Diesmal haben Sie mich unterschätzt! Dachte der Besucher. Und sagte: Hochwerter Herr, entschuldigen Sie, bitte. Wenn Sie so reden, sagen Sie nichts Neues. Weder für Sie selbst noch für mich. Und dass Ihnen, was Sie sagen, aufs schönste gelingt, das überrascht weder Sie noch mich. Aber ich bin, wie Sie die Güte haben wollen zu bemerken, nicht allein. Die junge Frau, die mit mir vor Ihnen steht, ist, und da darf ich wohl sagen, ist erstaunlicherweise Kafkas Schwester. Und dass Sie herausgeläutet wurden, um mit Kafkas Schwester bekannt gemacht zu werden, das dürfte ja doch verzeihlich, wenn nicht sogar dankenswert sein.

Er trat jetzt ein wenig zur Seite, um Wilhelma zu präsentieren.

Wilhelma Kafka, sagte er.

Und jetzt geschah das andere Wunder: Jener sah Wilhelma nicht.

Dann half nur noch unbändige Hast. Er musste ununterbrechbar sein.

Dass er ja wohl nicht den Übermut besessen hätte, den prominentesten aller Geistesmenschen allein so in der Nacht herauszuläuten, sei wohl klar. Aber begleitet von Kafkas Schwester Wilhelma, dürfte es schon gewagt werden, eine nächtliche Ruhe zu stören. Das umso mehr, als es auch für den immer alles Wissenden neu sein dürfte, dass Kafka neben Ottla und einer Schwester, deren Namen nicht so bekannt sei, noch eine Schwester hatte, eben diese Wilhelma. Dass der Tag und Nacht Prominente nun so tue, als sei Wilhelma gar nicht da, gehöre zu den Vorurteilsgewohnheiten, für die er berühmt sei. Wenn er nichts von einer solchen Schwester weiß, kann es eine solche Schwester auch nicht geben. Und er, der Besucher, gebe zu, dass jetzt ein Zweikampf stattfinde! Kann die Weigerung, eine Kafka-Schwester namens Wilhelma zuzulassen, dazu führen, dass sein Besucher, ein weiteres Mal besiegt, das Feld räumen müsse mit dem vernichtenden Geständnis, dass eine solche Schwester, wenn er sie nicht wahrnehme, tatsächlich nicht existiere?

Aber – das schrie er jetzt geradezu in die Nacht hinaus – das liegt an Ihnen, an Ihnen, an Ihnen, dass Sie, von Vorurteilen gepanzert, immer nur das wahrnehmen, was Sie schon wissen.

Dann, leise: Mir bleibt nur noch, Sie zu bedauern. Sie hätten Kafkas Schwester Wilhelma kennenlernen können, waren dazu aber nicht fähig!

Wilhelma, komm!

Mit diesem Satz ließ er Jenen zwischen Tür und Angel stehen und floh mit Wilhelma, die ihn führte, nach Hause.

Als er wieder an seinem Schreibtisch saß, die Beine auf der Schreibtischplatte, ging er, was geschehen war, noch einmal durch. Es blieb das Wunder: Kafka hatte, um ihn aus der Viereckigkeit zu erlösen, seine Schwester geschickt! Ja, er hatte gelegentlich an dem Ungeziefer herumgemäkelt. Das erklärt sich von selbst damit, dass Kafka ja alles von einer Papierfigur namens Samsa erzählt. Da kann man den Untergang feiern. Wenn es stattdessen um einen selber geht, ist es etwas anderes.

Aber hatte er Jenen für sich einnehmen können? Würde Jener, wenn er über SEINE Ausstellung schrieb, so schreiben wie immer? So von oben herab!

Das ist dir nicht gelungen, Jenen mit Kafkas Schwester in eine für dich günstige Stimmung zu locken! Es war alles wie immer: Jener hatte die Macht, konnte sie gebrauchen, wie es ihm gefiel. Und doch: Den Versuch, ihm mit Kafkas Schwester sozusagen näherzukommen, konnte er nicht übelnehmen! Das war doch der tollkühne Versuch, einmal eine andere Ton- und Seinsart zwischen ihnen zu stiften!

Es kam dann allerdings ganz anders: Jener hatte sich in dieser Nacht, zwischen Tür und Angel stehend, schwer erkältet, lag sogar mit Lungenentzündung im Krankenhaus.

Das war eine furchtbar erlösende Nachricht. Er schickte Jenem eine weiße Orchidee ins Krankenhaus, begleitet von einem, so schrieb er, Sorgfältigen Gruß. Auch von Wilhelma!

Über die Ausstellung schrieb dann ein anderer gepflegt langweilig. Da merkt man erst, was ein Text von Jenem – und wäre er so ungerecht gewesen wie das Leben selbst – hätte sein können.

Eine seiner Lieblingsvorstellungen: Das Mögliche kann nur aus dem Unmöglichen kommen. Es muss eine Geburt sein. Das Unmögliche gebärt das Mögliche. Wer denn sonst!

Die ganze Verkleinerungserfahrung sieht er jetzt als einen Versuch, sich zu schützen. Tendenz: asozial. Also Utopie, der Kopfschmuck des Intellektuellen.

33

Es war einmal. Die Vögel gaben sich aufgeregt. Die Amseln so schrill wie noch nie. Ganze Schwärme Spatzen stürmten die Terrassen und pickten den Leuten das Frühstück weg. Die Leute, immer bereit, Zeichen und Wunder zu erleben, ließen's geschehen und telefonierten's herum.

Ich hisste mich noch schnell wie eine Fahne. Dann hin zum Königsplatz.

Ich unterzeichnete den Friedensvertrag mit dem Erzfeind. Als ich durch die Halle hinausging, stellte er mir ein Bein. Stürzend griff ich nach ihm. Er fing mich auf, lachte und sagte, er sei immer bereit, mir zu helfen. Besonders, wenn ich zugäbe, dass ich seine Hilfe bräuchte.

Da war er wieder, der Überlegene, der er immer war. Und ich der Hilfsbedürftige.

Jetzt SIE. Draußen. Am Fuß der Freitreppe. Und kam schon herauf. Ich weiß, dass ich, wenn ich eine Treppe abwärtsgehe, nicht gut aussehe, also blieb ich stehen und sah ihr zu, wie mühelos und nichts demonstrieren wollend sie heraufkam. Ihre zarten Knie führten ihren Gang an. Stufe für Stufe.

Dann war sie da. Ich nahm ihren Arm an und ging, ohne zu schwanken, mit ihr hinab.

Nur weg von hier! Der Erzfeind! Er hatte die Unterzeichnung extra in dieser pompösen Kulisse stattfinden lassen. Als wären wir zwei Staatsmänner.

Sobald wir in eine zivilere Straße eingebogen waren, machte ich halt. Ich musste sie endlich anschauen. Sie in dem Kleid, das mir das liebste ist. Von Grün ins Silber gleißend. Immer wenn sie in diesem sie genau fassenden Kleid ist, heißt sie Elvira. Und immer wenn sie Elvira heißt, heiße ich Otto.

Es war einmal.

Ich sagte … Ich habe wahrscheinlich gesagt, dass wir in den Wald gehen sollten. Leider ist es unwichtig, was ich gesagt habe. Seit sie weiß, dass ich nicht Bundespräsident werden will, findet sie alles, was ich sage, nicht mehr so wichtig.

Aber wir kamen nicht bis zum Wald. Freunde versperrten uns den Weg. Die Freunde, er ein Arzt, sie eine Ärztin, wollten mit uns essen und trinken.

Wir brauchen weder Hunger noch Durst, sagte die Ärztin.

Ich fragte sie, ob man das Kleid, das ihr so gut stehe, grün oder silbern nennen sollte.

Nenn's einen Farbschrei namens Silbergrün, sagte sie übermütig.

Und zu ihm: Otto, los, zeig uns endlich, wo's langgeht!

Und er: Liebe Elvira, hetz mich bitte nicht.

Die winzige Verstimmung beendeten sie mit einem Kuss.

Das wurde der Kuss, den ich Silvesterkuss nenne. Ihre Zunge ganz in seinem Mund. Da drin aber reglos. Es gab offenbar keinen Grund, ihre Zunge je wieder aus seinem Mund herauszuziehen.

Es war einmal.

Ich hatte nie mehrere Freunde zur gleichen Zeit. Es wäre mir komisch vorgekommen, wenn ich neben meinem jeweiligen Freund noch einen anderen als Freund hätte haben sollen. Mein Freund war mir immer mein Ein und Alles. Darum hieß ich immer so, wie der Freund hieß. Kein Wunder, dass Elvira dann hieß wie die Freundin meines Freundes.

Es war einmal.

Ich wollte immer in Beziehungen leben, die vollkommen sind oder doch zu sein schienen. Nein, die vollkommen sind! Die ganze Welt ein einziges Wunscherfüllungsgelände.

Otto und Elvira waren zwar überrascht, als sie erlebten, dass wir sehr schnell auch Otto und Elvira hießen. Aber sie waren angenehm überrascht. Wir waren eben eins. Das darf doch auch einmal sein.

Es war einmal.

Also nicht in den Wald. Der Wald war sowieso ein Vorschlag gewesen, weil mir nichts anderes eingefallen war. Immer wenn ich nicht wusste, wohin, sagte ich: In den Wald. Also mit den Freunden zum Essen und Trinken. Da blüht der Hunger, und es glänzt der Durst. Ein saftiges Glück führt jetzt Regie.

Als ich mitteilte, dass ich den Friedensvertrag mit meinem Erzfeind unterzeichnet hatte, bedankten sie sich. Ich erfuhr, dass ich getan hatte, worum sie mich seit langem gebeten hatten. Dass mir das nicht leichtgefallen sei, wüssten sie. Und dass ich den Vertrag mit Hintergedanken unterschrieben hätte, sei ihnen klar.

Von diesen Hintergedanken würden sie mich schon noch befreien. Bis ich endlich vorbehaltlos friedlich sei.

Obwohl mich diese Aussicht mit hellsten Klängen durchflutete, hoffte ich, dass ich mich nicht auf mich verlassen konnte.

Aber Otto unnachsichtig: Keine Sprachphilosophie, bitte. Es genügt das Gebot: Du sollst nicht lügen. Bei dem Versuch, dieses Gebot zu erfüllen, müssen sämtliche überhaupt möglichen Sprachprobleme vorkommen und gelöst werden! Klar?!

Es war einmal.

Wir, Elvira und ich, fühlten uns einsam. Wie immer, wenn wir mit Freunden zusammen waren.

Schließlich sagte ich: Das Leben ist ein Fragment.

Elvira ergänzte: Oder eine Lüge.

Und ich: Dass wir versuchen müssten, auszukommen ohne Sprachblumen! Ohne Selbstbetörung mit Gesäusel. Überhaupt ohne alles aus Märchen Gestohlene.

Und gingen. Gingen heim, wo an jeder Wand die Schrift erschien:

Es war keinmal.

34

Weil ich gegen meinen Willen an sie denken musste, kommt sie hier jetzt vor. Ein Aberglaube des Schreibgewerbes sagt: sich durch Schreiben salvieren. Ich wollte versuchen, sie durch Schreiben so undeutlich zu machen, dass sie nicht mehr in mir herumirrlichtern kann. Es ging mir um mich, nicht um sie. Ich gab ihr einen Namen, der nicht zu ihr passte: Monika. Nach allem, was ich inzwischen von ihr und über sie weiß, ist sie kein bisschen eine Monika. Ich kenne mehr als eine Monika. Ich machte sie zur Apothekerin. Im nichtssagendsten weißen Berufsmantel bedient sie in der Forellen-Apotheke. Und auch das nur halbtags. Sie hat es nicht mehr nötig. Jeder, der sagen müsste, wie alt er sie schätzt, würde sagen: Älter als vierzig, keinesfalls sechzig.

Sie hatte mir geschrieben. Eines Tages ging bei mir ein Brief von ihr ein, darin die verhängnisvolle Wendung: Unsere Bücher, schrieb sie, verbinde, dass das Unglück aus denselben Gründen entstehe. Und das formulierte sie auch noch: In ihren Romanen und in meinen Hirngespinsten (so nannte sie meine Denkversuche) seien Menschen unglücklich, weil sie nicht fähig seien zuzugeben, dass und warum sie selber schuld seien an ihrem Unglück. Bei ihr und bei mir fielen die Menschen auf das herein, was sie selbst für Liebe hielten. Genau genommen seien es Äußerlichkeiten, auf die sie immer hereinfielen. Sicher seien Äußerlichkeiten im Kennen- und Liebenlernen wichtiger als Seelenleistungen. Liebe auf den ersten Blick! Solche Dämlichkeiten bestimmten ganze Schicksale. Dass man begehrt werde und begehre, schön und gut, aber dann stelle sich heraus, wer das ist, den man begehrt. Alle dann erlebbaren Einsichten und Enttäuschungen übertünche man mit Gefühlsersatz, der von echten Gefühlen nicht unterschieden sein wolle. Man dürfe sich nicht getäuscht haben, man dürfe nicht enttäuscht werden, also täusche man sich selber, und sei es lebenslang. Das sei der Betrug, der den Betrüger so unglücklich mache wie den Betrogenen oder die Betrogene.

Vielleicht sei das in den Romanen, die sie schreibe, nicht so wichtig wie in meinen Theorien, weil sie es hauptsächlich durch genaue Liebes-Handlungen nicht dazu kommen lasse, dass eine Figur nichts als unglücklich sei. Sie müsste ja zugeben, das ganze Sexualbrimborium genossen zu haben. Bei mir fehle diese Genießbarkeit bzw. werde ersetzt durch Klugheitsleistungen jeder Art. Diese Leistungen bewundere sie! Sie müsse allerdings zugeben, sie sei, wenn sie Handlungen zwischen solchen schildere, die glaubten, sie handelten aus Liebe, sie sei da unersättlich genau. Sie möchte immer, dass die Handlungen mehr sagten als die sie angeblich bewirkenden Gefühle. Die Handlungen seien bei ihr absolut. Motive egal! Und sie verproviantiere sich dabei immer aus asiatischen und französischen Liebesbilderbüchern. Sie lasse ihre Paare immer in diesen atemraubend schönen Liebesbilderbüchern blättern, und dann versuchten sie, diese brillante Liebesartistik nachzustellen, nachzumachen. Und dafür sei sie mehr berüchtigt als berühmt. Porno! Das sei der Stempel, den ihr die mehr bürgerliche als christliche Literaturkritik verpasst habe. Sei's drum! Für sie sei es immer eine Höchststimmung, wenn sie die einander verschlingen wollenden Körper schildere. Dass sie das in einer Sprache tun müsse, die unter bürgerlich-christlichen Verformungen leide, sei ihr Pech. Die dadurch entstandenen Wortgebirge der Scheinheiligkeit hätten dann zum Sprachwust der Unanständigkeit geführt. Hätten dazu geführt, dass viele Autoren glaubten, wenn sie die paar unanständigen Wörter benützten, hätten sie schon etwas erzählt! Ja, einen Reiz haben sie produziert und sonst nichts. Und genau das vermeide sie! Von allen da im Schwang befindlichen Wörtern komme bei ihr nur ein einziges vor: vögeln! Das sei das schönste aller einschlägigen Wörter. Und sie befreie das Wort immer von aller Unanständigkeit. Bei ihr werde fromm gevögelt, ehrfürchtig gevögelt, auch bis zur Bewusstlosigkeit gevögelt. Vögeln, für sie das reine Allegro con moto des Geschlechtsverkehrs.

Soweit sie sehe, habe keine europäische Sprache ein nur halbwegs gleich schönes Wort. Ob *screw* oder *root* oder *shag* oder *sauter* oder *scopare*, das ist alles der grobe Animalismus, der sie kaltlasse. Allenfalls sei die Ambivalenz von *baiser* noch vergleichbar.

Sie wisse aus eigener Erfahrung, dass die Paarung genau das sei, was uns von den Tieren unterscheide. Die asiatischen und französischen Liebesbilderbücher böten unerschöpfliche Zeugnisse für ganz und gar untierische Sexualität. Das als Porno abzuwerten sei nichts als die Rache von Eunuchen.

Falls er in diesen Sätzen ein Angebot sähe, dass sie ihm helfe, liege es an ihm, davon Gebrauch zu machen.

Diesen Brief ließ ich ein paar Wochen lang liegen. Dann antwortete ich doch. Die Adresse war ein Postschließfach.

In ihrem Brief hatte sie noch wie nebenbei angemerkt, dass sie natürlich unter einem anderen Namen schreibe. Den werde sie mir mitteilen, sobald sie sicher sei, dass ich davon nirgends und nie etwas verrate. Ich versprach mein Stillschweigen vertrauenswürdig. Bat sie um ihren Autorennamen, weil ich jetzt doch das eine oder andere Buch von ihr lesen wolle. Ihr Brief zwinge mich förmlich dazu, ihr Leser zu werden.

Sie vertraute mir, schrieb mir ihren Autorennamen. Ich kaufte und las ein paar Bücher und glaubte, ihren Brief jetzt zu verstehen. Dann bat ich um ein Rendezvous. Das wiederum fand statt in ihrem Haus. Zuerst führte sie mich durch das Haus durch in den Garten.

Ihr Garten sei ihr wichtiger als ihre Bücher, sagte sie.

Vor uns hangabwärts eine Wiese, ein einziger Teppich aus Margeriten in voller Blüte. Ein reines Margeritenmeer, sagte ich.

Und sie: Jahrelang habe sie alles andere herausgerissen. Margeriten seien ihre Lieblingsblumen.

Das ist kein Garten, sagte ich, sondern ein Grüner Saal mit einem weißen Boden.

Ich deutete auf die grünen Wände auf beiden Seiten der Margeriten, Wände aus dichtstehenden Bambusröhren, von denen die langen spitzen Blätter fluteten.

Sie ging voraus, an der rechten Bambuswand entlang, abwärts. Drunten keine Bambuswand, sondern ein Gebüschwall. Durch den ein Gang führte. Und man war in einer Kapelle, in einer Marienkapelle. In einer Grotte für eine Marienstatue.

Sie erzählte auch gleich, der fromme Maurermeister Heribert Studer habe ihr das alles aus Lourdes hertransportiert. Das sei Originalgestein aus Lourdes, und die Statue sei die dort jedem nachgeworfene Maria. Vor der Grotte mit der sanft beleuchteten Maria ein paar Kirchenbänke. Auch die aus Lourdes. Aber Monika – ich bleibe noch bei diesem immer noch nicht passenden Namen – ließ mich nicht Platz nehmen. Zwischen uns und der Grotte mit den Bänken blühte es orgiastisch. Neben einander Blumenbeete im Halbkreis um die Grotte, alle ausgerichtet auf die Grotte.

Sie führte mich nach rechts zum ersten dieser Beete. Jedes Beet, könnte man sagen, in Sarggröße. Und eingefasst von farblosen Glasbausteinen. Jedes auf die Grotte zeigende Beet ein Blumenwunder für sich. Es muss Ende Mai, Anfang Juni gewesen sein, als sie mich zum ersten Mal in diese Naturkapelle führte. Rechts also das erste Beet. Darauf wild flammender Mohn.

Und sie: Alles, was hier blühe, habe sie selber gesetzt.

Unübersehbar: In jedem Beet ein Bambusstab, daran ein Namensschild. Da man angesichts dieser Beete an Sarg denkt und an Grab, steht der Bambusstab mit dem Namensschild genau da, wo das Kreuz stehen könnte.

Über den Mohnflammen das Schild mit dem Namen Karim.

Ihm zuliebe habe sie Arabisch gelernt.

Und wechselte zum zweiten Beet. Genau so dicht strahlten da gelbe Blumen.

Sie, ahnend, dass ich kein Kenner war, sagte: Calendula. Und der darüber gebietende Name: Ziing.

Ihr Kommentar: Ziing wollte mit mir eine Besuchs-Ehe führen. In seiner Gegend. Bei den Mosuos am Lugu-See, in 2700 Metern Höhe. Besuchs-Ehe offenbar ein alle Überdrüssigkeiten verhindernder Sexualbrauch.

Im nächsten Beet eine alleinstehende, hoch aufschießende Rose, das Namensschild auf halber Höhe.

Stefan, sagte sie. Der wollte mich politisieren, verheiratet.

Und stand schon vor dem nächsten Beet, ein aus Holzlatten gefügtes, durch einen Fassreifen gehaltenes Rund, darüber prahlerisch in langen schmalen Blättern hinausstrahlend: Agapanthus.

Und sie: Matthias, leider ziemlich verrückt, schnell mal schwanger.

Und stand schon vor einem neuen Beet mit mild gebogenen Stängeln, an denen in zarten Farben Glöckchen hingen.

Fingerhut, sagte sie, und: Hein, anspruchsvoll gebildet, anspruchsvoll genusssüchtig, verheiratet.

Und ging schon über den Mittelgang, durch den man zur Grotte käme.

Drüben das erste Beet, brutal hell, fast weiß, nur ein paar dick hinaufgebogene, fast balkenartige Blätter, dazwischen hochragend eine einzige Blüte, ein Triumph in Weiß.

Yucca, sagte sie. Und: Taher. Maghreb. Er lehrte mich das trockene Brot schätzen.

Jetzt folgten nach einander verschieden blau blühende Beete.

Zuerst Katzenminze.

Oliver, sagte sie, wollte mich mir entdecken.

Dann ein solides Blau: Lavendel.

Tom, sagte sie. Liebst, liiert.

Dann die schlicht blaue, auch mir bekannte Kornblume.

Markus, sagte sie, in Frage kommend, verheiratet.

Dann ein Beet ohne Namensschilder. Ein kleines Meer von anmutigsten blau und blassblau blühenden Blumen.

Akeleien, sagte sie. Das kommt jetzt und immer ohne Namensschild aus.

Zuletzt ein Beet ohne Blüten, überwachsen mit Efeu. Daraus ragte eine Vielzahl von verschieden hohen Bambusstäben, an allen deutlich kleine Schilder.

Das sind die Unnennbaren, sagte sie. Ebenso plötzliche wie folgenlose Begebenheiten. Ich könnte auch sagen: Verlegenheit und flüchtiges Tun.

Den alles zudeckenden Efeu habe sie dem Grab Richard Wagners in Bayreuth nachgemacht.

Und führte mich aus der Naturkapelle hinaus, zurück, hinauf zum Haus. Droben blieb sie stehen. Die Wiese, sagte sie. Vorher ein weißer Teppich. Jetzt der Wind. Sehen Sie. Dieser heftige Wind biegt Gräser, Büsche und Bäume in eine Richtung. Die Margeriten, nicht zwei in eine Richtung! Die biegen und beugen sich und schütteln die Köpfe, ein einziges Bewegungsdurcheinander. Das seh ich gern. Sie reden vom Wind. Jede weiß es besser als die andere, was der Wind ihr sagt und tut.

Als wir uns drinnen setzten, servierte eine Jungschöne, die sie Nadja nannte, Tee und Süßigkeiten. Als sie sich bei dieser Nadja bedankte, sagte die: Carla, bei mir bedankt man sich nicht. Und die, fast innig: Entschuldige, ma petite. Das war komisch, weil die Nadja sicher einen Kopf größer war.

Dann sagte ich, um auch einmal etwas zu sagen, dass keiner der drunten in der Kapelle gefeierten Männernamen in einem ihrer Romane auftauche.

Sie sah mich an, zog ihre Brauen hoch bis an den Haarrand, demonstrierte, dass sie kaum glauben könne, von mir eine so törichte Bemerkung hören zu müssen.

Ich entschuldigte mich und sagte gleich ganz kühn: Das seien eben die wirklichen Namen derer, die in ihren Romanen dann ganz anders hießen.

Eben, sagte sie, eben! Und fügte noch im abschließendsten Ton hinzu: Unter uns Pfarrerstöchtern!

Das fiel mir mehr als einmal auf, dass sie im Gespräch öfter sehr gewöhnliche Bilder gebrauchte.

Aber sie gebrauchte sie so, dass die Klischees durch den Gebrauch, den sie davon machte, frisch und brauchbar wirkten.

Als ich ihr zu sagen versuchte, dass ich ihre Romane nicht für pornographisch hielte, weil sie die Geschlechtspassagen immer zu überraschenden Charakterisierungen der da sexuell handelnden Personen nutze, sagte sie leise stöhnend: Das nennt man aus der Not eine Tugend machen.

Es muss sich niemand diese Frau vorstellen können. Aber ich muss begreiflich machen, dass sie mich mehr beeindruckte, als ich wollte. Ihr Brief war eine Anmaßung. So wollte ich, was ich je, Erotisches betreffend, von mir gegeben hatte, nicht verleumdet sehen. Ich durfte mir das nicht gefallen lassen.

Weil ich, wenn eine Konversation versiegt, immer glaube, ich sei daran schuld, sagte ich schließlich aus reiner Höflichkeit, sie habe in ihrem Brief etwas formuliert, was mir selber auch nicht behage. Ich habe, sagte ich dann in dem Behauptungston, in den ich verfalle, wenn ich unsicher bin, ich habe den wirklich elenden Zustand unserer Sprache, wenn es um Liebe geht, durch Sprachgirlanden ersetzt, die dem, der sie genießen kann, das Kompliment höherer Zurechnungsfähigkeit macht. Um allen Gegenargumenten zuvorzukommen, sagte ich aus reiner Höflichkeit, mich interessiere, wie sie aus der schönen Fülle der asiatischen und französischen Liebesbilderbücher zur Erzählung komme.

Sie wisse, sagte sie, dass ihre Figuren sich danach sehnten, so zu handeln, wie es auf diesen Bildern zugehe. Dann tue sie ihnen eben den Gefallen und lasse sie alles tun, was sie wollten.

Das höre sich jetzt einfacher an, als es sei, aber ein Wunder, dass das dann klappe, sei es auch nicht, auch da gelte eben: Übung macht den Meister. Übrigens, und das sei das Allerwichtigste: Dergleichen sei für sie nur denkbar durch ihr Pseudonym. Dergleichen bräuchte ich nicht, da ich ja von dem Vorwand lebte, was ich beschriebe, sei nur Vermutung bzw. Theorie.

Wenn ich dann selber weiter dachte, kam ich zu dem für mich nicht schmeichelhaften Ergebnis: Ich wäre mir unter allen Umständen zu eitel für ein Pseudonym. Meine Gedanken, das bin ich! Meine von ihr Hirngespinste genannten Versuche, das ist mein Exhibitionismus. Ich will erkannt sein! Und sei's auf meine Kosten! Ich hatte ja auch keinen Garten, in dem ich alles wachsen lassen konnte, was ich dachte. Was da blüht und wächst samt Marienverehrung, das kann, behaupte ich, mich retten wollend, nur bei einer Frau eine Porno-Prosa der feineren Art fundieren.

Ich bleibe meinen Hirngespinsten treu. Sagt der, der keine andere Wahl hatte.

Aber ohne ihren Garten samt Grotte wäre ich kein zweites Mal hingegangen. Jedes Mal der Gang an der rechten Bambuswand hinunter zu den Gräbern mit den Blumen. Wie sehr mir Blumen fehlten, erlebte ich jedes Mal bei ihr. Der flammende Mohn, die gelbe Calendula, die hochragende Rose, der prahlerische Agapanthus, der verliebt tuende Fingerhut, die wuchtige Yucca, die schüchtern blaue Katzenminze, der edle blaue Lavendel, die simpel blaue Kornblume. Dann blau und blassblau die Akelei. Schließlich, dem nichts zu viel ist, der Efeu.

Ich hatte mir längst eingestanden, dass ich mit dieser Frau, was den Ausdruck des Erotischen angeht, nicht konkurrieren konnte. Dass mir da nicht zu helfen war, hatte ich ihr deutlich gesagt. Und auch, dass ich nur wegen ihrer Blumen dann und wann zu ihr kam.

Gott sei Dank, sagte sie. Sie habe, weil ich eben doch ein Mann sei, schon befürchtet, ich glaubte, sie wolle mich verführen, als sie so frei mit mir geredet habe. Da könne ich wirklich beruhigt sein. Ich sei nicht ihr Typ.

Als sie das lachend gesagt hatte, merkte ich, dass ich doch mehr erwartet oder sogar erhofft hatte. Aber wegbleiben durfte ich jetzt nicht mehr. Das wäre ein Geständnis gewesen. Also ging ich eben ab und zu hin zu ihr. Mit – um auch einmal so ein Sprachangebot zu benützen – gemischten Gefühlen.

Ihre letzte Nachricht: aus dem Krankenhaus Martha-Maria. Das hieß, sie wollte besucht werden. Ich fuhr hinaus. Sie lag allein. Der Tag war hell. Sie war sehr dünn zugedeckt. Und kam mir nicht krank vor. Gesund auch nicht. Aber edel. Sehr edel. Und sagte: Der Appetit war heute gut. Dann im Ton der Empörung: Und ich weiß nicht, warum! Schloss die Augen und schlief ein. Vielmehr: und entschlief. Ich konnte nicht gehen. Unter der dünnen Decke atmend, war ihr Körper wahrnehmbar. Sie wachte auf, atmete deutlicher, sah mich, ihr Mund belebte sich. Die Lippen.

Sie wurden größer. Ich merkte, dass mein Mund ihr unwillkürlich antwortete. Meine Lippen. Ich spürte, wie sie zunahmen. Dann schmolz mir ihr Mund entgegen. Ihr schwellender Mund. Dann waren es nicht nur die Münder. Die Gesichter antworteten einander. Und sie konnten das. Die Augen. Die Augen sagten am meisten. Die Augen führten überhaupt diesen Dialog. Verschämt bis unverschämt. Ungläubig bis ergeben. Schüchtern bis frech. Ohne ein Wort. Aber nicht ohne einen Laut. Es gab Töne. Von ihr mehr als von mir. Eigentlich nur von ihr. Zart. Aber deutlich. Und führten zu einem Höhepunkt. Ein winziger Aufschrei von ihr. Dann entschlief sie. Wieder. Ich wartete gern. Als sie die Augen aufschlug, tat sie erstaunt. Machte sich aber gleich lustig über ihr Staunen. Sie ließ ihr Gesicht kommentieren, was zwischen uns geschehen war. Wir waren jetzt zwei Menschen, die gerade noch eins gewesen waren. Darauf schauten wir deutlich zurück. Irgendwann konnte ich aufstehen. Sie hob ihre Hand. Ich nahm diese Hand. Ich erinnerte mich daran, dass sie mir, als ich gekommen war, ihre Hand nicht gereicht hatte. Kein langer Blickwechsel. Weder Eile noch das Gegenteil. Ein vollkommenes Abschiedsverständnis. Weder Pathos noch das Gegenteil. An der Tür drehte ich mich noch einmal um. Ich hob den Kopf ein wenig zu einem langsamen Nicken. Sie, liegend, tat's auch. Dann war ich draußen. Und dachte, dass ich jetzt mit dieser Carla per du sei.

Die SehnSucht

In welche Täler
möchte ich uns wünschen?
Auf jeden Fall weit weg.
Ich bin nicht mehr bei mir.
Ich bin bei dir.
Und könnte wissen, dass das kein Ort ist,
den es gibt.

Dann doch noch ein Brief von ihr. Ein Brief mit einem einzigen Satz: Mein Lieber, das kommt in den besten Familien vor. Gruß, Carla.

Den von ihr geschriebenen Namen lesend, ging mir auf, wie wenig sie Monika heißen konnte. Carla, ja, das war sie ganz und gar.

35

Um mich herum dieser lautlose Kampf. Diese so und so geschminkte Verbitterung. Ich entschuldige mich bei allen, die ich Freunde, Gegner, Feinde genannt habe. Das ist so, als nennte man einen Fisch ein Lebewesen und glaubte, ihn damit genügend benannt zu haben. Alle um mich herum kämpften andauernd darum, sein zu dürfen, wer und was sie gern wären. Und was jeder gern wäre – es wurde ihm schwergemacht oder gar nicht gestattet. Jeder kämpfte darum, der zu sein, der er gern wäre. In jeder Sekunde erlebt er, dass ihm das nicht ganz oder gar nicht gelingt. Er erlebt die Welt als die Summe aller Kräfte der Verhinderung. Damit kann sich keiner abfinden. Jeder entwickelt Sprachen und Handlungen, um die von der Welt produzierte Verhinderung zu überwinden. Die Welt gesteht immer so viel Entgegenkommen, dass der Kämpfende nicht aufgeben muss. Dieses Entgegenkommen heißt Hoffnung.

Dass ich die um ihr Leben Kämpfenden eingeteilt habe in Freunde, Gegner und Feinde, war krankhaft ichbezogen. Ich hätte doch andauernd sehen müssen, dass jeder, der sich mit mir beschäftigte, in mir nur eine Gelegenheit sah, sich selber so zur Geltung zu bringen, dass er seinem Lebensziel, der zu sein, der er sein wollte, ein Schrittchen näher kam. Es ging nie um mich. Jeder, der sich mit mir beschäftigte, war in einem Sinnlieferungsdienst. Er tat nichts anderes als der Polizist, der dir einen Strafzettel unter den Scheibenwischer klemmt, wenn du im Parkverbot geparkt hast.

Wir sind alle immer mit der Sinnlieferung beschäftigt. Was einer gegen mich hatte, gab seinem Leben einen Sinn. Und je mehr Sinn er produzierte, desto mehr durfte er der sein, der er sein wollte. Die ganze Welt ein Sinnlieferungsgetobe. Je mehr Sinn einer produzierte, zum Beispiel durch den Nachweis, dass ich zu wenig oder überhaupt falschen Sinn lieferte, umso lieber war er der Welt. Die Welt will alles sein, aber nicht sinnlos.

Ich entschuldige mich bei allen dafür, dass ich ihren Kampf um ihr Leben oft verstanden habe, als meinten sie mich. Ich entschuldige mich! Und das, dass ich dann sagen kann:

Ich entschuldige mich, also bin ich.

36

Ich blieb sitzen, bis alle anderen aufgestanden und hinausgegangen waren. Ellen und die Veranstalterin mussten, wenn sie vom Podium zum Ausgang wollten, an mir vorbei. Zumindest mussten sie wahrnehmen, dass in dem jetzt leeren Saal nur noch einer saß. Als ich merkte, dass sie meine Anwesenheit nicht bemerken wollten, stand ich auf und rief unwillkürlich: Ellen!

Jetzt blieben sie stehen. Ich ging hastiger, als ich wollte, aus der Stuhlreihe hinaus in den Mittelgang, erreichte die zwei, die mich so erwarteten, als könnten sie nicht ewig stehen bleiben. Das heißt, sie waren mir nicht zugewandt. Nur ihre Köpfe hatten sie in meine Richtung gedreht.

Dann war ich bei ihnen, stellte mich wiederum hastig vor, dann aber griff ich Ellens Rechte mit beiden Händen und sagte ihr aus vollem Herzen, dass ich von ihrem Vortrag *Das Leben als Wiederholung des Einmaligen* begeistert sei.

Das haben Sie schön gesagt, ich danke Ihnen, sagte sie und wollte weitergehen.

Ich prompt: Dann sag ich halt auch Sie! Und wünsche Ihnen eine gute Nacht!

Jetzt ging ihr offenbar ein Licht auf.

Entschuldige, sagte sie. Ein Vortrag sei für sie immer eine Erhebung aus allem hinaus und über alle und alles hinweg. Danach sei sie, das wisse sie aus Erfahrung, eine Zeit lang unzurechnungsfähig.

Bitte, Ferdinand, sei mir nicht böse!

Ich konnte ihr jetzt nicht auch noch sagen, dass ich weder Ferdinand hieße noch Ferdinand sei. Also ging ich einfach mit. Dazu lud sie deutlich ein.

In der Garderobe schlüpfte sie noch in ihre Jacke und griff mit der Rechten in den Jackenärmel, um ihren nach oben gerutschten Blusenärmel herunterzuziehen. Das kannte ich. Von Ellen.

Dann in ein Lokal, das Florian hieß. Da wurde noch mit mehreren getrunken und geredet.

Mir war klar, dass sie mich verwechselte, aber ich war nicht fähig, ihr das jetzt gleich zu sagen. Sie hatte mich vergessen.

Es war vor höchstens zehn Jahren. Da war sie in einem Vortrag, den ich gehalten hatte. Wir hatten schließlich die Nacht mit einander verbracht. Wir hatten noch eine Zeit lang SMS gewechselt. Dann nicht mehr. Aber in der gemeinsamen Nacht hatten wir beide getan, als sei die Begegnung kein Zufall, sondern schicksalhaft. In mir war das Besondere dieser Nacht noch lebendig. Deshalb war ich, als ich zufällig in Berlin war und ihren Vortrag im LCB angezeigt fand, hinausgefahren und hatte zugehört.

Ich verbrachte den Rest des Abends als Ferdinand. Aber das auch nur, weil Ellen jetzt hauptsächlich redete und alle anderen am Tisch nur Stichwörter zu liefern hatten, die Ellens Rededrang weiter aktivierten.

Manchmal wollte sie, dass ich, Ferdinand, dies oder das, was sie gerade gesagt hatte, bestätige. Das tat ich jedes Mal gern.

Dass Ellen so enthemmt redete, war mir nur zu vertraut. Nicht anders ging es mir nach einem öffentlichen Auftritt. Man ist erschöpft, aber hemmungslos, also lässt man sich gehen.

Dass ich mich dann als Erster verabschiedete, quittierte sie fröhlich. Mein Freund Ferdinand ist immer der Erste im Bett und der Letzte, der aufsteht.

Ich kam also als Ferdinand davon. Ich durfte es keinesfalls dazu kommen lassen, dass ich die Nacht wieder mit Ellen zu verbringen hatte. Ich als Ferdinand. Das hätte peinlich werden können. Zum Beispiel, wenn sie dann erst beim so genannten Geschlechtsverkehr endlich bemerkt hätte, dass ich nicht Ferdinand war, sondern usw.

Im Hotel konnte ich nicht schlafen. Ich zählte zusammen, was ich als Ferdinand vor Jahren geleistet oder versäumt hatte. Beides intonierte Ellen gleich heftig. Geschwommen immer zwanzig Bahnen, wenn sie zehn Bahnen schwamm. Stimmt's?

Achtzehn, sagte ich, reicht.

Und sie: Zwanzig! Aber zum Valentinstag kein Blümlein, stimmt's?

Ich entschuldigte mich.

Dazu hast du mehr als einen Grund, mein Lieber!

Und ich: Ich weiß, Ellen, ich weiß.

Verziehen, rief sie. Ferdinand sei ein Genie der Spontaneität. Einfälle wie kein anderer. Ein Überraschungs-Tsunami! Sie sei vor lauter Staunen oft kaum noch zum Atmen gekommen. Kaum sei man mit ihm in Marseille gelandet, sitze man schon im bestellten

Hubschrauber nach Saint-Tropez und lande im Eden Roc im zum Weinen wonnigen Bett!

Und ich: Ihr kennt ja Ellen, sie ist die Queen of Surprise!

Und ein anderer ergänzte: Und of Exaggeration auch. Darauf Beifall von allen.

Auf jeden Fall hatte ich von diesem Ferdinand so viel erfahren, dass ich wusste, wie wenig ich in allem, was erotische Zurechnungsfähigkeit betrifft, gegen ihn bestehen konnte.

Und obwohl mir manch eine Reaktion gut gelang, wurde das Spiel von Minute zu Minute riskanter.

Weißt du noch, in Bayreuth im Goldenen Anker, rief sie, als du durchgesetzt hast, dass wir rauchen durften.

Dieser Ferdinand hat offenbar überall etwas durchgesetzt, was da nicht erlaubt war. Wahrscheinlich hat Ellen im Lauf des Abends selber bemerkt, dass ich nicht der echte Ferdinand war. Sicher hat sie diesen Abend inzwischen in ihr Vortragsthema *Das Leben als Wiederholung des Einmaligen* eingebaut.

Ich möchte diesen Abend lieber vergessen.

Mir wurde allmählich klar, dass die ganze Verwechslung auch eine Folge des Zustands war, in dem man sich nach einem öffentlichen Auftritt befindet. Da ist sozusagen alles möglich. Und ich merkte auch, dass mich, je mehr ich über diesen Ferdinand erfuhr, umso mehr der blanke Neid besetzte.

Es muss ein Recht geben, ein Menschenrecht, nur das zu wissen, was einem hilft, das Leben erträglich zu machen. Wie lernt man vergessen, was man nicht erträgt? Wir haben nur das Behalten gelernt anstatt das Vergessen. Die leere, musterlose Wand – meine letzte Illusion! Überfallen von allem, was ich nicht denken wollte, betete ich die leere, musterlose Wand an und tat so, als sei sie mein Bewusstsein, mein Ein und Alles. Dabei folterten mich hundert Deutlichkeiten, während ich so tat, als gebe es nur noch die leere, musterlose Wand. Sie war das Wunschbild des von der Deutlichkeit gefolterten Kopfs. Sie war der Ausdruck der Ohnmacht. Sie drückte aus, dass ich nichts zu sagen habe in mir. Das Sagen in mir hatte die Welt bzw. alles, was passiert ist. Ellen machte mich zu einem Ferdinand, der zu sein mir alles fehlte. Mir blieb der blanke Neid. So will es die Sprache, dieser Hort aller Erfahrung. Als hätte ich nicht genug Anerkanntheiten gehabt, so genannte Erfolge! Aber an die zu denken war eine sentimentale Anstrengung. Unwiderstehlich dagegen hatten in mir alle Deutlichkeiten das Sagen, die ausdrückten, woran es mir immer fehlte. Das war offenbar der natürliche Denkzwang. Die anthropologische Norm. Damit warst du ausgestattet wohl oder übel. Und das aus evolutionärer Weisheit, damit dir das und das kein zweites Mal passierte. Aber das und das passierte dir eben andauernd. Von Evolution keine Spur. Das Sagen hatte der Zwang, der dich unfähig machte, das Unerträgliche zu vergessen. Zu leben wurde zum Fulltime-Job.

Ich war nichts als die Wiederholung dessen, was kein einziges Mal hätte passieren dürfen. Nur wer vergessen könnte, lebt.

Und jetzt? Die Pfeile sind entfernt, die Wunden brennen. Der Schmerz als Daseinssteigerung.

Ich leide, also bin ich.

37

Nachtgebet

Sei so gut und lass dich träumen
trag einen goldenen Schal
geh auf Absätzen aus Eis
und sag ein paar Wörter
die's an keinem Tag mehr gibt
ich will sie mir merken.

38

Jeden Morgen die Enttäuschung: Wie unbedeutend ist die Tageswirklichkeit, verglichen mit dem, was ich geträumt habe. Gerade noch war ich eingeladen worden, einen Zug anzuschauen, zwei Lokomotiven, eine riesige schwarze und eine zartere graue. Beide stießen weiße Dampfwolken aus, so kamen sie hinter einander näher, ohne mir je näher zu kommen. Sie waren schon nah. Und fuhren und fuhren. Immer gleich nah. Mir sagte jemand, dass es auf das Anschauen ankomme. Es kam das Wort Angeschautsein vor. Das Angeschautsein dieser wundervollen Lokomotiven, die andauernd näher kamen, ohne je an mir vorbeizufahren. Das heißt, sie sollten zwar in Bewegung sein, aber nicht so, dass sie dadurch einmal an mir vorbei wären und verschwänden. Das gibt es nur im Traum: farbige Lokomotiven, die fahren, ohne dass sie näher kämen und dann vorbeigefahren wären. Mir wurde ein Text gesagt, tiefsinnig schön. So tiefsinnig schön wie kein anderer Text in der ganzen Welt, das spürte ich, wusste ich. Wenn ich den noch wüsste, mein Gott, wer wäre ich dann!!! Aber natürlich weiß ich den nicht mehr. Mir bleiben die beiden näher kommenden, aber nie an mir vorbeifahrenden Lokomotiven.

Dann war ich gleich mit anderen in einem höhlenartigen Raum, Boden und Decke und Wände hellbeige. Eigentlich gar keine Wände, keine Decke. Und einer lag auf einer Liege, die weder Bett noch Sofa war, eine historische Liege. Und der da lag, hielt sich mehrere, eher kleine Kissen, bunte, pralle, kleine Kissen vors Gesicht. Er wollte nichts mit uns zu tun haben. Und wir, die Eindringlinge, verstanden ihn. Wir wollten eine einzige Entschuldigung sein, Entschuldigung für unser Eindringen. In welches Jahrhundert waren wir geraten? Ohne dass ein Wort gefallen war, löste der seine Umarmung von den kleinen Kissen. Die Kissen flogen weg, als seien sie froh, losgelassen zu werden. Und er sagte etwas. Ich kann nicht mehr sagen, was er sagte, aber es war etwas, das uns, die Eindringlinge, beglückte. Uns wurde nichts übel genommen. Er war froh, dass wir gekommen waren. Zu ihm gekommen waren. Er muss Jahrhunderte auf uns gewartet haben. Es dürfe zwischen ihm und uns nie mehr auch nur den Hauch eines Missverständnisses geben. Dann erlebten wir und er einen Augenblick vollkommener Einigkeit. Wir erlebten, wie willkommen wir waren! Keiner von uns hatte das je erlebt: so willkommen zu sein. Und jeder erlebte, dass nicht er allein das erlebte. Dass er das mit den anderen erlebte, das war überhaupt sein Erlebnis, das steigerte, was er erlebte, zum reinen Glück.

Und schon saß ich im Flugzeug. Das raste auf der Straße dahin. Offenbar konnten die Flügel angelegt werden. Ich musste dafür sorgen, dass wir weder rechts noch links von der Straße abkamen. In jeder Hand hatte ich ein Tau. Wenn ich links zog, ging das Flugzeug nach links, zog ich rechts, gerieten wir an den rechten Straßenrand. Einmal zog ich uns zu sehr nach links, wir streiften schon irgendwo an irgendwas. Ich zog rechts, aber das Tau schmolz, ich hatte nur noch ein Tau-Ende in der Hand. Ich fühlte mich schuldig, aber alle um mich herum sahen, dass das Tau entzwei war. Alle riefen laut, dass ich überhaupt nicht schuldig sei!

Und ich war im Freien, vor mir mehrere Beete mit Brokkoli. Aber diese Brokkoli waren nicht grün, sondern schwarz. Große, ganz schwarze Brokkoliköpfe waren es. Und in jedem Beet zwischen den schwarzen Brokkoliköpfen ein kleiner Elefant. Keiner dieser rüsselschwenkenden kleinen Elefanten ragte über die Brokkoliköpfe hinaus. Ein Mann, der offenbar damit zu tun hatte, sagte: Das wollen die Deutschen so. Ich begriff. Diese schwarzen Brokkoli waren durch die kleinen Elefanten ein liebenswürdiger Anblick. Und das wollen die Deutschen so!

Und gleich mit mehreren von früher. In keinem Raum, auch nicht im Freien, eben im Traum. Ewig bekannt mit einander. Nicht jung. Aber auch nicht alt. Aber eher jung als alt. Und alle gleich gierig, Französisch zu sprechen. Aber keiner konnte richtig fließend Französisch sprechen. Aber jeder kriegte Sätze zu Stande. Aber die Mühe, die das machte, wirkte erheiternd. Wir lachten über jeden unserer französischen Sätze. Einmal bückte sich eine Frau bzw. ein Mädchen, eine Mädchenfrau also. In einem Dirndl, das sie ebenso schön bekleidete wie entblößte. Auf dem Boden eine kleine Kröte. Sie hatte schon eine Serviette in der Hand. Sie fahre das Tierchen zum Teich. Das sagte sie auf Deutsch und war weg. Dann ich, weil ich verantwortlich dafür war, dass uns die Szene nicht missglücke: *Parlons-nous français jusqu'à sept heures et après de nouveau allemand*. Einer sagte: *Ta gueule*!! Alle lachten. Ich erwachte. Mir fiel gleich ein, dass ich im Traum einmal den Satz habe sagen wollen: Mein Mund kann mehr Französisch als ich. Aber ich hatte nicht gewusst, was Mund auf Französisch heißt. Das Jargon-Wort wollte ich nicht gebrauchen. Im Lexikon fand ich: *bouche*. Ach ja, natürlich *bouche*. Und Kröte musste ich auch nachschlagen: *crapaud*. Und Teich auch: *étang*.

Der Traum, in dem wir so stolz auf unser Restfranzösisch waren, blieb unauslöschlich in mir, so wohltuend, so angenehm, wie jetzt am Tag nichts mehr sein konnte. Dass das Mädchen, statt zu sagen: *Je regrette infiniment: Je ne sais pas le mot pour* Kröte, sofort gehandelt hatte! Wenn auch auf Deutsch. Rettend gehandelt! Wunderbar.

Ich bin nicht so naiv, Träume auf ihre Bedeutung hin zu verhören. Jede so genannte Traumtheorie ist, als wollte man mit einem Schaufelbagger einen Schmetterling fangen.

Es genügt doch, dass nur die Mädchenfrau die Kröte sieht und rettet! Und ich bin froh, jede Nacht in Träume geschickt zu werden, die erträglicher verlaufen als das, was mir am Tag passiert. Was auch immer ich dann von diesen Träumen in den Tag zu retten versuche, es beweist mir nur: Träume sind unerzählbar wie Musik. Aber eine Textmusik sind sie. Unübersetzbar.

Neulich geträumt: Mit mehreren ein Gespräch über

Elisabeth Stettner. Mein Beitrag dazu: Das ganze Jahr trägt sie Sommerkleider. Und ich habe nie einen Menschen dieses Namens gekannt!

39

Fühl dich so unwichtig, wie du bist. Wenn dir das gelingt, darfst du bersten vor Stolz.

40

Ich musste einmal hinfahren zu der Stelle, an der von der Hauptstraße ein Sträßchen, ein Nebenweg, hinauf zum Waldrand führt. Ich konnte mir das nicht mehr vorstellen, nicht genau: Also fuhr ich hin, bog selber in den Weg ab und fuhr hinauf bis zum Waldrand, hielt, stieg aus und genoss es, jetzt zu wissen, was ich hatte wieder wissen wollen. Diese Stelle war einmal in meinem Leben wichtig geworden. Darum das Bedürfnis, die Stelle noch einmal zu sehen, genauer zu sehen. Jetzt war ich ausgesöhnt. Nichts mehr in mir konnte immer wieder sagen: Fahr doch mal hin.

Es gibt schwierigere Anlässe zur Unruhe in meinem Bewusstsein. Einmal wollte ich so weit kommen, keinem Menschen mehr einen Vorwurf zu machen. Ich prüfte brav alle Vorwurfsanlässe und konnte einen Anlass nach dem anderen streichen. Entweder waren die Menschen, denen gegenüber ich im Gefühl des Vorwurfs verharrte, gestorben, und *de mortuis nihil nisi bene*, oder ich konnte mich durcharbeiten zu einer für mich selber glaubwürdigen Versöhnung.

Bei einem Anlass gelang das nicht. Ich notierte mir noch einmal den Verlauf. Wir waren zu fünft oder sechst in einem überfüllten Lokal. Tranken und redeten über Gott und die Welt. Einmal auch über den Staatssekretär Hallstädter. Ich soll gesagt haben, wurde mir dann vorgehalten: Dem seine Hosen möcht ich nicht anhaben. Darauf sei ich gefragt worden, was das heißen soll. Ich soll gesagt haben: Was soll das heißen bei dieser schwulen Obersau. Das wurde dem Staatssekretär gemeldet, er zeigte mich an. Beleidigung in aller Öffentlichkeit. Vier von den fünfen oder sechsen sagten, sie könnten sich nicht mehr erinnern, wer was gesagt habe. Dass so etwas gesagt worden sei, sei möglich. Aber wer es gesagt haben könnte, keine Ahnung. Nur einer, eben XY (den Namen werde ich nicht mehr nennen oder schreiben oder denken), nur er wusste alles noch genau. Er schwor vor Gericht einen Eid. Ich verweigerte den Eid auf meine Unschuld, weil ich grundsätzlich niemals einen Eid schwöre. Und XY war in dieser Runde mein einziger Freund. Er war überhaupt mein einziger Freund. Seit Jahren. Wir hatten so ziemlich alles zusammen getan und erlebt, was zwei Freunde tun und erleben können. Von riskanten Bergtouren bis zu selig entspannten Autofahrten durch die USA von Boston bis San Diego und zurück. Wir kannten alles von einander. Als dann diese Anzeige lief und ich gezwungen war, unsere Gemeinsamkeiten zu durchdenken, wurde ich unsicher. Je genauer ich mir in Erinnerung rief, was wir getan und geredet hatten, desto deutlicher wurde mir, dass ich XY nicht wirklich kannte. Wir waren vor mindestens zwanzig Jahren an einander geraten, waren einander sofort sympathisch und waren offenbar beide so veranlagt, dass wir uns sehr schnell befreundeten. Viel zu schnell. Es war, wie wenn man nach der so genannten Liebe auf den ersten Blick gleich zum Standesamt rennen würde. Unsere Freundschaft hatte keine Entwicklung. Sie blieb, was sie am heftigen Anfang gewesen war. Jetzt, im Augenblick der Katastrophe, wurde mir das deutlich. Ich ließ Sätze von ihm, die mir geblieben waren, in mir ablaufen und stellte fest, dass das alles ziemlich stürmische Willensproduktionen waren. Sie lebten immer vom Temperament und von den Stimmungen, in die wir uns hineingesteigert hatten. Nie ein ruhiges Gespräch, in dem wir, nur er und ich, einander verstanden oder nicht verstanden und dann über das Nichtverstehen lange geredet hätten. Nur Umarmungen, aber nie ein Händedruck mit Blickwechsel. Aber uns genügte diese von Heftigkeitsmomenten lebende Freundschaft. Wir waren Freunde. Galten als Freunde. Und dass wir so als Freunde galten, belebte unsere Freundschaft. Tat uns gut. Das wurde auch in der Gerichtsverhandlung betont, wie schwer es XY gefallen sei, seinem Freund das anzutun. Da aber rundum die Leute in dem Lokal gehört haben konnten, dass der Staatssekretär Hallstädter so diffamiert wurde, habe er, XY, nicht anders gekonnt, als seinem Freund diesen Tort anzutun. Und er verbessere sich: seinem ehemaligen Freund. Denn … Usw. usw.

Ich nahm die Strafe an. Ich hatte gesagt, dass ich diesen Staatssekretär nicht zu schätzen wisse, aber ihn so zu diffamieren, das könne ich mir bei mir nicht vorstellen. Kurzum, ich legte keine Berufung ein. Bin jetzt vorbestraft. Das ist kein Problem. Aber XY schon.

Ich habe mein Leben besichtigt, habe alle Vorwurfsanlässe ausgeräumt. Es blieb kein Grund zu einem Vorwurf. Nur eben XY. Wenn ich existieren wollte, ohne noch irgendjemandem einen Vorwurf zu machen, dann musste ich XY verzeihen. Ich habe unsere Geschichte durchforscht. Ich habe alles durchdacht. Ich habe nichts gefunden, was mir seine Handlung verständlich machen konnte. Aber ich wollte endlich vorwurfsfrei existieren. XY machte das unmöglich. Ich konnte mich zu nichts überreden. Keine Religion, keine Philosophie und keine Psychologie konnte mir helfen. Ich liebte seine Heftigkeit. Sein Temperament. Ich hielt alles für echt. Ich hatte immer das Gefühl, er begeistere mich mehr als ich ihn. Oft war ich voller Eifer, ihm zu zeigen, wie stolz es mich mache, ihn meinen Freund nennen zu dürfen. Und ich erwähnte gern, aber immer nur nebenbei, nie auftrumpfend, dass er mein einziger Freund sei, und machte klar, dass ich von ihm nicht das Gleiche erwartete, ich sei eben so, von Natur aus, dass er da anders sei, das eben mache unsere Freundschaft lustig und lebendig. Und wie er da lachen konnte! Und zustimmen! Im Zustimmen war er unübertrefflich. Nie, weder vorher noch danach, hat mir jemand so zugestimmt wie XY. Dann aber das.

Er ließ mir später durch einen Bekannten sagen: Ich hätte ihn jetzt endgültig enttäuscht. Als ich bei der Verhandlung gefragt worden sei, ob ich die Staatssekretär-Hallstädter-Schmähung, falls ich sie gemacht haben sollte, zurücknähme, sei von mir die Antwort gegeben worden: Ich könne etwas, was ich nicht gesagt hätte, nicht zurücknehmen. Dann wieder: Aber wenn Sie's gesagt hätten, könnten Sie das dann zurücknehmen? Ich wieder: Was ich nicht gesagt habe, kann ich nicht zurücknehmen. Das habe, ließ er mir sagen, ihn enttäuscht. Ein bisschen Vernunft, und ich wäre besser weggekommen. Aber stur, wie ich sei, hätte ich die Strafe der Besinnung vorgezogen.

Das ist XY. Ich werfe ihm vor: alles. Und werfe mir vor, dass ich XY falsch wahrgenommen hatte. Und ich wusste, wenn ich ihm gegenüber im Gefühl des Vorwurfs verharrte, würde diese Vorwurfs-Unruhe bleiben. Und sie ist geblieben.

41

Ich kenne keinen, den ich, wenn ich ihm sagte, es geht mir gut, nicht gegen mich einnähme.

42

An der leeren, musterlosen Wand erschien eine Schrift. Ich musste lesen.

Du stirbst nicht an einer Krankheit, sondern an dem, was ein Mensch dir antut. Die Krankheit ist die Folge dessen, was dir eine oder einer antut. Der Name der Krankheit dient dazu, den wirklichen Namen zu verbergen. Es gibt Paare, die einander umbringen. Krebs oder Infarkt, das ist dann die Bildersprache, mit der, was geschieht, bedauerlich gemacht werden soll.

Die leere, musterlose Wand hatte sich offenbar in Dienst nehmen lassen für Mitteilungen, an denen ich nicht interessiert sein konnte. Ich bin doch nicht Nebukadnezar. Also keine leere, musterlose Wand mehr. Ich ließ sie tapezieren. Die Tapete zeigt nichts als dichtstehende Striche. Ich konnte nicht verhindern, dass die Striche ein wenig schräg stehen. Wenn ich sie anschaue, höre ich eine Musik ohne Anfang und Ende. Und bilde mir ein, das wenigstens sei reine Musik.

43

Unvernunft. Plötzlich diese Klarheit. Ein Wort, das gebildet wurde von einem Vernunft-Chef. Der schnaufte, bebte vor Selbstgewissheit und Selbstbewusstsein. Und Vernunft war sein Banner. Sein Credo. Alles, was er war und tat, war Vernunft. Er war der Feldherr, der König der Vernunft. Jetzt brauchte er noch ein Wort für alles, was er nicht war, was er verachtete. Und weil er auch der Chef der Sprache war, entschied er: Alles, was ich nicht bin, ist Unvernunft. Und weil, was er sagte, sofort geglaubt und nachgebetet wurde, kam dieses Unwort in die deutsche Sprache. Und weil Europa eine Parallelwelt ohnegleichen ist, sind die Nachbarn bei den gleichen Unwörtern gelandet: *déraison*, *unreasonableness*, *irragionevolezza*. Selbst die schönsten Sprachen müssen dann diese Wortmonster bilden. *Irragionevolezza*! Was damit gemeint und geahndet wird, ist dann schon klar.

In mir arbeitete ein Bedürfnis, das, was damit geächtet wird, zu rehabilitieren. Aber mit welchem Wort?

44

Meine Gedanken sind ein braves Tier. Das sagte ich immer laut, hoffend, das so genannte Tier höre mich und bleibe brav.

Meine Gedanken verdienten es nicht, ein braves Tier genannt zu werden. Ich war nicht Herr meiner Gedanken. Sie hatten ein Eigenleben. Ich konnte nicht denken, was ich wollte. Ich kriegte mit, was ich dachte. Oft genug sah ich mich gezwungen, mich gegen meine Gedanken zu wehren. Meine Gedanken waren, wenn ich es politisch ausdrücke, Opposition. Genau genommen, waren sie nie für mich. Wenn ich sie gefragt hätte, hätten sie gesagt: Wie soll denn das gehen, für dich sein! Meine Gedanken waren immer für etwas, was ich nicht war. Trotzdem waren es meine Gedanken. Das ist offenbar von der so genannten Natur gewollt, dass meine Gedanken auch im Dienst auswärtiger Interessen sein konnten und dann diese Interessen gegen mich vertraten. Und das immer um meinetwillen! Oft genug setzten sie diese auswärtigen Interessen gegen mich durch, das heißt, ich fügte mich oder unterwarf mich den auswärtigen Interessen. Ich sollte diese auswärtigen Interessen als meine Interessen anerkennen. Das tat ich dann. Fühlte mich nicht wohl dabei, aber ich war überredet, meine Gedanken zwangen mich dazu.

Wir haben viel mitgemacht mit einander, meine Gedanken und ich. Wenn ich zum Beispiel geglaubt habe, ich müsse mich umbringen, waren meine Gedanken dagegen. Meine Gedanken haben mir beigebracht, dass man unter allen Umständen leben kann oder muss.

Es gab Zeiten oder Momente, da herrschte zwischen meinen Gedanken und mir kein Streit, keine Verschiedenheit. Da waren wir einmütig. Und tätig! Enorm tätig! Sobald wir etwas geschafft hatten, waren wir in der Beurteilung des Geschafften wieder uneins. Ich war meistens für das, was wir geschafft hatten. Meine Gedanken waren nie ganz einverstanden oder gar zufrieden mit dem, was uns, wie ich fand, gelungen war.

Wenn ich unwillkürlich sagte, sagen musste: Über den Rändern der Welt verglühen die Hoffnungen, wusste ich, schon während ich das sagte, dass in meinen Gedanken der Satz auftauchen würde: Muss das sein!

Ich darauf sofort: Die Hoffnung ist das Steckenpferd, das mich ein Leben lang durch alle Wüsten trägt und mich erst abwirft, wenn am Horizont das Paradies auftaucht.

Darauf meine Gedanken: Die Wahrheit ist …

… ist billig, rief ich schroff und konnte nicht anders, als sofort eine Tonlage höher, also ununterbrechbar fortzufahren: Auf meinen Äckern blüht die Täuschung.

Meine Gedanken, ebenso schroff: Die ist teuer.

Dann beide zusammen: Und kostet das Leben.

In der jetzt folgenden Stille, ich: Das darf sie.

Jetzt war eine Ruhe.

Meine Gedanken ließen mich mehr als einmal

wissen, dass sie für meine Immer-noch-Zurechnungsfähigkeit zu sorgen hätten. Das haben sie, fürchte ich, geschafft.

45

Es ist schwer, sich einen Menschen, den man gut gekannt hat, tot vorzustellen, bloß weil er gestorben ist.

46

An der Hand genommen und geführt werden wohin, und man hat nicht gewusst, dass man dahin immer schon wollte. Du kannst immer noch nicht verzichten auf das Märchen. Verdorben als Kind mit Märchen. Lebenslang diese unausrottbare Hoffnung auf einen märchenhaften Verlauf und das gute Ende. Das Leben als Enttäuschung. Und als Unbelehrbarkeit.

Witzlose Generalisierung! Eine kleine Fliege wollte nichts als mein Kölschglas. Nicht mein Essen, nur mein Bier. Als ich einmal nicht aufpasste, schaffte sie die Landung auf dem Glasrand und kroch jetzt innen abwärts. Ich kapitulierte fröhlich, das Bier gehörte ihr. Ich bestellte ein neues. Das tägliche Märchen!

Das war am Tag vor Utrecht. Vorausgesetzt, es gebe in Utrecht eine Katholische Universität, ist Folgendes passiert: Auf dem Bahnsteig von Spoor 7 und Spoor 3 – diese beiden Gleise liegen in Utrecht an *einem* Bahnsteig – ein kleiner Wartesaal, so groß wie ein halber Bahnwaggon, aber ganz aus Glas bzw. Plexiglas, nur eine Schmalseite als rote Metallwand. Auf der Reihe der Kunststoffsitze außer mir zwei Männer, einer war ohne Zweifel Jean-Paul Sartre. Man saß hier und schaute durch die Glaswände hinaus auf die ein- und abfahrenden Züge. Die Geräusche kriegte man unvermindert mit. Das Gewicht der Züge erschütterte den Bahnsteig so, dass man es im Sitz spürte. Sartre las in einem Fahrplan. Wenn mein Französisch für eine Konversation mit Sartre ausgereicht hätte, hätte ich ihn angesprochen. Nein, stimmt nicht, hätte ich nicht. Er wollte in Ruhe gelassen werden. Warum sonst sollte er sich in Utrecht auf den Bahnsteig zwischen den Gleisen 3 und 7 setzen. Also, ich sprach ihn nicht an. Aber ich war doch so fasziniert von seiner Anwesenheit hier, dass ich mir vornahm, ihn zu beobachten. Ich ließ meinen Zug draußen ohne mich abfahren. Was in Amsterdam könnte so interessant sein wie Sartres unmittelbare Nähe und Gegenwart. Ich schaute ihn an. Da er das Fahrplanheft las, war das möglich. Er hatte keine Blasenschmerzen mehr, das ist sicher. Die zuletzt immer bestimmter werdende Leidensgrimasse seines Gesichts hatte sich entspannt. Man sah noch die Linien der Blasenleiden. Aber es tat nichts mehr weh. So sitzt man, wenn die Schmerzen vorbei sind. Ein wunderbarer Anblick. Sartre war jetzt schöner, als er je gewesen war. Durch einen erlittenen und dann überwundenen Schmerz wird ein Gesicht schön. Eine Entindividualisierung hat stattgefunden. Eine Art Verallgemeinerung der Gesichtszüge. Die hat da Vinci als Mona Lisa gemalt. Und ich hatte das erlebt bei Schwester Laura.

Draußen Schreie, Rufe, Pfiffe, die Gewaltgeräusche der Züge, und hier Sartre mit einem Fahrplanheftchen, in dem er las, ohne je eine Seite umzublättern. Dabei las er doch wirklich. Das sah ich. Das sieht man. Diese Lippenbelebtheit. Beim Leser blühen ja vor allem die Lippen auf. Sie wollen buchstabieren, was man liest. In ihnen endet der Strom, der durch die Lektüre in einem angestoßen wird. Sie müssen alles aufnehmen, aushalten. Sie beben, buchstabieren, beten. Wenigstens murmeln möchten sie. So bei Sartre. Ich traute mich nicht, mich so nahe zu ihm zu setzen, dass ich hätte sehen können, welche Fahrplanseite ihn so fesselte. Es wäre für mein Sartre-Verständnis interessant gewesen. Paris – Warschau? Ich glaube nicht. Köln – Euskirchen – Saarbrücken …? Vielleicht Utrecht – Gouda – Voorburg? Am ehesten. Schließlich befanden wir uns in Utrecht. Und von Utrecht fährt man eher nach Voorburg als nach Warschau. Die Lautsprecheransagen mit ihrer schmalzigen Schärfe schienen ihn weder zu interessieren noch zu stören. Auch darüber war er hinaus. Ich wurde müde. Himmel, Himmel. Wenn ich einschliefe und erwachte wieder und er wäre in der Zwischenzeit gegangen! Dann wäre alles umsonst gewesen. Ich musste mich zum Wachbleiben zwingen. Aber wie? Plötzlich hatte ich das Gefühl, ich sei sterbensmüde, vielleicht sogar lebensmüde. Ich konnte mich nicht mehr halten. Dieser bewunderungswürdige Mann saß leicht und locker in seiner Kunststoffschale und hatte keine Schwierigkeiten mit dem Wachbleiben. Ich spürte, dass ich mich keine zehn Minuten mehr wach halten konnte. Die letzte Woche war zu anstrengend gewesen. In Bonn und Köln und Düsseldorf.

Vor unserer Glasschachtel baute ein junger Mann im Parka ein Stativ auf. Vielleicht konnte mich das noch wach halten. Was machte der da? Er drehte eine Kamera auf das Stativ. Die Kamera richtete sich über Spoor 7 und drüben über Spoor 8a. Auf einen Bahnsteig, auf dem auch so ein Glaswartesaal steht. Tatsächlich ein schönes Bild. Die paar dummen senkrechten Stahlträger, die giftig gleißende Neonschiene an der Decke in der vollen Länge der Glasschachtel und darunter vier Menschen, sitzend in Kunststoffschalen, vier dunkle Sitzfiguren, an denen das Neonlicht nicht die geringste Helligkeit bewirkte. Das war mir in unserer eigenen Glasschachtel überhaupt nicht aufgefallen. Aber jetzt bemerkte ich es auch bei uns und an uns selbst: Wir waren dunkle, undurchdringliche Figuren. Drüben auf dem Dach der Glasschachtel lief eine Schrift entlang: *drink pepsi cola*. Und gleich war mir klar, was der junge Mann mit dem Stativ wollte: ein Werbefoto für Pepsi Cola. Plötzlich war ich nicht mehr ganz so müde. Geh hinaus zu dem und sag ihm, er soll auf den gegenüberliegenden Bahnsteig gehen, das Stativ dort aufstellen und dann herüberfotografieren. Auf unserer Plexiglasschachtel lief bestimmt der gleiche Slogan. Aber hier hätte er noch Sartre drauf. Ein unschätzbares Werbefoto. Ein Werbefoto für die Ewigkeit. Gerade ein Mann wie Sartre, der sicher nicht alles trinken durfte, sitzt für Pepsi! Aber wie immer in meinem Leben unterließ ich, was ich eigentlich wollte, und blieb sitzen.

Das wirkte sich sofort aus. Die Unterdrückung von Wünschen kostet Kraft. Es ist die wirkliche schwere Arbeit. Die Müdigkeit erkannte ihre Chance. Sie überfiel mich. Aber eigensinnig bin ich schon. Sartre wollte ich nicht aufgeben. Ich wollte hier sitzen bleiben, bis er sich wegrührte, abgeholt vielleicht, was auch immer. Ich wollte es wissen. Aber ich würde nicht durchhalten. Mir sanken die Augen sekundenweise zu. Das war nicht mehr zu verhindern. Wenn ich jetzt am Steuer gesessen hätte, hätte ich rechts ranfahren müssen. Immer wieder gelang es mir, die bleiernen Lider noch einmal hochzureißen. Sartre saß noch. Aber wie oft würde ich das noch schaffen, dieses Augenaufreißen? Es tat weh. Im ganzen Kopf, durch den Nacken, das Rückgrat hinunter. Der Müdigkeitsschmerz. Ich musste etwas anderes finden, wenn ich Sartre nicht verlieren wollte. Ich wusste schon eine Zeit lang, wie das zu machen war. Die Lösung war meiner Müdigkeitsschwere wegen nicht mehr durchgedrungen. Aber dann – ich bin eigensinnig – schaffte ich es doch noch. Das heißt, meine Hände muss ich loben. Sie taten es völlig alleine. Wirklich, ich war unbeteiligt, unschuldig sozusagen. Das ist eben der Segen, wenn man geschulte Hände hat. Hände, die immer an allem beteiligt, die nie bloß ausführendes Werkzeug waren. Diese Hände waren jetzt sogar das einzige Wesenszentrum von mir. In ihnen, durch sie fand das Entscheidende, das Richtige statt. Sie nahmen aus meiner Tasche ein Taschenmesser, dessen kleine Klinge rasiermesserscharf geschliffen ist. Das Messerchen aufgeklappt, und die Rechte zieht die Schneide durch das Aderngelände der Linken tief durch. Wenn es noch einer Bestätigung bedurft hätte, dass das das einzig Richtige war, hätte sie mir der junge Fotograf geliefert. Sobald ich hellwach von dem geradezu singenden Schmerz in meinem Blutsprudel sitze, dreht der Fotograf plötzlich die Kamera auf dem Stativ herum, springt auf die andere Seite, wahrscheinlich hat er noch ein Weitwinkelobjektiv eingesetzt, und knipst und knipst drauflos. Ich sehe noch stolz zu Sartre hin. Und der steht sogar auf. Hebt beide Hände. Zustimmend! Mir zustimmend! Dann wird es dunkler. Das Gefühl der Nähe nimmt zu. Und es nimmt immer noch zu.

Ich habe brav berichtet. Ob es ein Wunder war oder ein Märchen, das hängt davon ab, ob Utrecht eine Katholische Universität hat. Hat Utrecht eine Katholische Universität, dann war es ein Wunder. Sonst nur ein Märchen.

47

Ich jonglierte mit drei Bällen, einem blassroten, einem blauen und einem schwarzen. Ich wusste, wenn ich aufhören würde, fielen die Bälle, fiele auch ich. Ich konnte, ohne zu jonglieren, dieses Leben nicht aushalten. Andererseits war klar, dass ich das Jonglieren nicht ewig fortsetzen konnte. Mir tat schon längst alles weh. Ich hoffte immer noch. Auf was? Dass mir noch ein vierter Ball zugeworfen werden würde, so schön zugeworfen, dass ich die drei anderen Bälle fallen lassen könnte. Meine Sehnsucht war zu spielen. Schönstens und endlos. Viel sprach dafür, dass ich bald die Bälle fallen lassen musste und mich selber auch.

48

Er zog den Hut ins Gesicht, schlug den Mantelkragen hoch und ging hinaus. Aber keine Spur von Rennen, nichts herabwürdigend Eiliges, nur die äußerste Heftigkeit des Gehens, egal, wohin. Draußen jede Menge Menschen. Jäher Gedanke, nicht ernst gemeint: als hätten sie auf ihn gewartet. So weit das Auge reichte: Fußgängerzone. Und sofort stellte sich auch das diensttuende Zitat ein: Hier bin ich Mensch, hier darf ich sein. Oder heißt es: Hier darf ich's sein?! Das wär ihm lieber.

Keine Sekunde Zögern wegen der Richtung. Er hatte das Gefühl, mit ihm sei ein ganzes Volk unterwegs. Wiederum: nicht ernst gemeint. Aber woher sonst die bedenkenlose Heftigkeit! Und er erlebte es doch! Wo er jetzt hinkam, er gehörte dazu.

Es war nicht Abend, nicht Nacht. Aber Tag auch nicht. Einfach eine absolute Stunde. Er störte nicht. Er gehörte dazu. Ob die Leute das wussten, war nicht wichtig. Er war von nichts so überzeugt wie von seiner Zugehörigkeit. Staatsangehörigkeit, dachte er und schürzte den Mund, als sei ihm gerade ein Kompliment gemacht worden. Darauf kam überhaupt alles an, dass er dazugehörte. Keine Diskussion, keine Theorie, kein Diskurs. Sein ausgreifender Schritt, seine nicht nachlassende Heftigkeit, aber keine Spur von Eile. Eine Gehsicherheit ohnegleichen.

Er war kein bisschen aufgeregt. Und kein bisschen

verlegen. Er gehörte dazu. Offenbar hatte er nicht immer dazugehört, sonst hätte ihn jetzt das Gefühl seiner Zugehörigkeit nicht so bewegt. Staatsangehörigkeit, dachte er. Und grinste sogar. Wozu war er jetzt nicht imstande! Weder müde noch schwitzend, und er fror nicht, ging heftig, problemlos und erlebte nichts als seine Zugehörigkeit, und das war doch wohl seine Staatsangehörigkeit. Was für ein Wort! Ein Triumphbogen von einem Wort! Und bitte, wenn er immer schon dazugehört hätte, hätte er jetzt in dieser absoluten Stunde seine Zugehörigkeit oder Staatsangehörigkeit nicht so erlebt! Das ist sicher. Es muss ein Mangel geherrscht haben, ein Mangel an Zugehörigkeit oder ein Mangel an Staatsangehörigkeit. Sicher ein historischer Mangel. Dann dieser Aufbruch! Diese absolute Stunde! Dieser Gefühlsüberfall! Eine Folge eben des historischen Mangels. Er hatte doch nichts gewusst, als er vor die Tür trat, den Hut ins Gesicht zog, den Mantelkragen hochschlug und loslegte. Nein, eben nicht. Ein Aufbruch war's. Von Loslegen keine Spur. Es war mehr in ihm, in ihm drin. Er war durchdrungen von der Gehfähigkeit.

Wie er auf die Leute wirkte, war nicht wichtig. Aber dass die Leute dann doch eine Art Gasse bildeten, das musste mit der Heftigkeit seines Gehens zu tun haben. Und dass er nicht wissen musste, wohin und wie lang! Noch nie hatte er diese Gehfähigkeit erlebt. Weder Eile noch Nichteile, ein die Umwelt beeindruckendes Gehen! Was denn, die Umwelt! Die Welt!

Er machte PSSST! Jetzt werde nicht gleich verrückt! Genießen durftest du das schon, dass du ausschreiten konntest, wie du wolltest, und die Leute waren nicht im Weg. Das mit der Gasse bildetest du dir ein. Alles war wie immer. Nur du warst nicht wie immer. Du warst in einem nicht aufhören könnenden Aufbruch. Du gehörtest dazu, wie du noch nie dazugehört hast. Das war tatsächlich neu. Waren je so viele Menschen auf der Straße, auf allen Plätzen? Die Staatsangehörigkeit! Dass es die deutsche war, ist nicht so wichtig. Aber ganz unwichtig war es auch nicht. Gesteh dir das bitte ein. Du hattest nichts dagegen, dass du jetzt deine Staatsangehörigkeit erlebtest und dass das die deutsche Staatsangehörigkeit war. Jeder Mensch hat eine Staatsangehörigkeit. Jeder Mensch gehört irgendwo dazu. Ein Mensch, der nirgendwo dazugehörte, wäre ein Monster. Grins ruhig.

Wenn die Leute, die für ihn eine Gasse bildeten, jetzt geklatscht oder Bravo geschrien hätten, hätte er im Boden versinken müssen vor Scham. Zum Glück waren die Leute wie immer mit sich beschäftigt. Sie gehörten auch dazu. Alle! Geh! Geh! Geh! Und denk nicht so viel! Aber warum willst du dir das Denken verbieten? Noch nie hast du so heftig vorwärtsdenken und -gehen können.

Das machte ihn leicht. So leicht wie noch nie. Problemlos. Ziellos. Schmerzlos. Schwerelos.

Er schob seinen Hut aus dem Gesicht. Den Mantelkragen halb hoch, das reichte. Warum denn nicht ein Blickwechsel mit dem, der gerade herschaute! Tatsächlich lief er jetzt blickwechselfreudig quer durch die Menge. Eine Menge, von der er immer noch nicht wusste, ob sie ihn überhaupt bemerkt hatte. Nichts war so unwichtig wie das. Er gehörte dazu. Aus diesem und jenem Blickwechsel ergab sich Kontakt. Plötzlich ein verderblicher Satz: das Bad in der Menge. Und blieb sofort stehen und wurde zum Glück sofort umarmt und umarmte sofort zurück.

Wie er heimgekommen war, wusste er nicht mehr. Er lag dann auf seinem Bett. Ausziehen konnte er sich nicht. Er wusste natürlich, wie sich sein Gesicht anfühlte, wenn er lächelte. Er musste, wenn er sein Lächeln erleben wollte, nicht in den Spiegel schauen. Er kannte dieses Gesichtsgefühl beim Lächeln. Er lag also auf seinem Bett und erlebte, wie er seinen Aufbruch erlebt hatte, und erlebte noch einmal alles, was auf der Straße inmitten der Menge passiert und passiert war. Und er erlebte sein lächelndes Gesicht.

Am nächsten Tag stand in der Zeitung, was auf den Straßen passiert war. Genau, wie es geschehen war, stand es jetzt in der Zeitung. Er las und las und las. Seinen Aufbruch, seine Zugehörigkeit, seine Staatsangehörigkeit, alles las er jetzt in der Zeitung. Er schnitt aus, was in der Zeitung stand, pinnte es an die Wand, damit er, sooft er wollte, lesen konnte, dass er dazugehörte. Er wusste, was passiert war, noch ganz genau. Aber wenn er es jetzt in der Zeitung wieder und wieder las, spürte er, dass sein Dazugehören, seit es in der Zeitung stand, mehr war, als es auf der Straße gewesen war. Auch seine Staatsangehörigkeit erschien, seit sie in der Zeitung stand, in einem anderen Licht. Historisch, dachte er. Und grinste. Also, dachte er, also.

49

Ich hatte getrunken, fuhr gegen die Einbahnstraße, beschädigte einen Porsche, die Polizei kam. Wer ist gefahren? Meine Frau gleich: Ich. Wenn mein Mann jetzt sagt, er sei es gewesen, dann dürfen Sie diesen Versuch einer Solidaritätsleistung nur für das halten, was sie sein will. Bert, bitte, es ist nicht nötig. Was ich getan habe, kann ich schon noch selber verantworten. Ich widersprach nicht.

Es kostete 10000 Euro Strafe und sechs Monate Entzug des Führerscheins. In diesen sechs Monaten legte sie die Pilotenprüfung für den Hubschrauber ab. Später sagte sie, sie habe gewusst, dass ich, wenn ich das Skifahren nicht lassen könnte, eines Tages gerettet werden müsste. Dann, im April beim plötzlichen Wintereinbruch, war es so weit. In Graubünden, auf 2700 Metern Höhe. Ich kam von der Piste ab, stürzte, konnte nicht mehr weiterfahren. Mit dem Handy erreichte ich sie. Ob sie die Bergwacht verständigen könne. Beschrieb, wo ich gefahren und gestürzt war. Dann kam nicht die Bergwacht, sondern sie. Mit dem Hubschrauber. Aus Chur. Mit ihr einer von der Hubschrauberfirma. Der hatte seine Skier dabei, wollte die Gelegenheit zu einer Abfahrt nützen. Er fuhr ab, sie schleppte mich in die Maschine und startete. Mir verging fast der Schmerz, so schön war es, wie sie uns hinunterflog, über die Wälder hinweg hinunter, bis wir den Rhein unter uns hatten, dann mit dem Rhein hinaus aus dem Tal, und in Chur wartete schon der Transporter zum Krankenhaus. Es war zum Glück kein Bruch, aber geschient werden musste das Bein doch. Erst jetzt gestand sie, warum sie die Pilotenprüfung gemacht hatte. Ach, Memle, sagte sie. Und ich sagte: Ach, Müsch. Mit Memle und Müsch hatten wir angefangen. Dann beuteten wir unsere Vornamen aus, waren Otto und Elvira, dann Caro und Elfe. Inzwischen Bert und Chriss. Dabei blieben wir.

50

Letzte Wahrnehmung

Nun gab es eine Frau. Es gibt sie noch immer. Vorname: das besitzanzeigende Fürwort. Anamnese: Sie wuchs in eine andere bzw. höhere Ordnung. Nein, falsch bzw. gelogen. Wurde ein Engel, das schon. Aber ein ganz und gar irdischer Engel. Nein, schon wieder so ein Wort aus der anderen Sprache. Muss heißen: ein ganz und gar hiesiger Engel.

Unter den Großwörtern der Geistesgeschichte ist Barmherzigkeit eines der größten. Aber wenn ich nicht diese Erfahrung gemacht hätte, hätte ich geglaubt, dieses Wort gehöre zu den großen Wörtern, die erloschen sind. Dann war ich jemand, dem Barmherzigkeit gespendet wurde. Und das ganz konkret. Mit dem Wort selbst. Mir war plötzlich, als wäre ich in ein neues Klima versetzt, in ein Klima bestürzender Annehmlichkeit. Zuerst nur diese Empfindung: das reine Wohlgefühl. Wärme ist zu wenig gesagt. Weder als Berührung noch als Rührung lässt sich sagen, wie das war, als du auf einmal von Barmherzigkeit überströmt wurdest. Aber überströmt, das stimmt auch nicht, weil diese Barmherzigkeit gar nicht agierte, sondern dir einfach mitgeteilt wurde. Aber eben doch mit diesem Wort, das keiner Inszenierung bedarf. Nicht bei der Frau.

Ich versuchte zu begreifen, was mir passiert war.

Ich begriff: Das Wort Liebe war nicht mehr brauchbar. Liebe ist ein Hin und Her, ist vielleicht sogar ein lohnender Austausch von Gefühlen. Barmherzigkeit ist eine Einbahnstraße. Eine himmlische. Du wurdest beschenkt, ohne dass gefragt wurde, ob du es verdienst, ob du es wert bist. Barmherzigkeit ist – das wurde mir gefühlsklar – die selbstlose Zuwendung eines Menschen zu einem anderen. Allmählich begriff ich, dass mir in meinem Leben noch nie Barmherzigkeit gespendet worden war. Du weißt, du fühlst jetzt, dass eben auch Liebe alles andere als selbstlos ist. Und dieses Erlebnis, dass du rücksichtslos beschenkt wurdest, dass Barmherzigkeit nicht bloß ein Legendending ist, sondern eine Gefühlsdeutlichkeit ohnegleichen, das machte mich so verlegen wie hilflos. Ich konnte nicht reagieren. Lächerlich, sich dafür zu bedanken, dass deine Frau dir Barmherzigkeit erwies, ja eben spendete. Alle Arten, gewohnheitsmäßig zu reagieren, kamen nicht in Frage, eben weil Barmherzigkeit noch nie vorgekommen war. Aber auch diese Erfahrung, nicht reagieren zu können, gehörte dazu. Eine Hilflosigkeit, die mich nicht nervös machte. Das drückt vielleicht den Rang des Wortes Barmherzigkeit am deutlichsten aus, dass man sie sich gefallen lässt. Die Welt, in der du nur durch Leistung giltst, gibt es nicht mehr, solange du Barmherzigkeit erfährst.

Mehr kann ich über die Wirkung nicht sagen. Es gibt einen Egoismus, der zur Diskretion zwingt. Aber dass mir dieses mir fast schon nicht mehr bekannte Wort so spürbar zurückgerufen wurde und dass ich dann eine Wirkung erlebte, die aus der Fülle einer Wunder wirkenden Tradition stammen musste, das wollte ich, musste ich doch gestehen.

51

Ich wollte mir nicht verlorengehen. Jeder hängt an sich. Also ich auch. Das eigene Ich zu verewigen sind rühmliche Taten vollbracht worden. Ich konnte nichts tun, um zu beweisen, dass ich an mir hängen durfte. Ich wollte mir nur nicht verlorengehen, das ist alles. Ich hing an mir. Und konnte durch nichts beweisen, dass ich das wert war. Dass die Gloriosen jeder Art mit Recht an sich hängen, beweisen sie mir (oder uns) durch jede ihrer leuchtenden Leistungen. Was sie tun, ist unbedingt rühmlich. Und sie selbst rühmen und preisen sich durch alles, was sie tun. Wir, die an sich hängen, ohne beweisen zu können, dass sie es wert sind, wir sind der Echochor für die Ruhmmusik der Gloriosen. Manchmal sind wir das gern, aus Begeisterung, manchmal müssen wir einfach dienen. Und tun's zähneknirschend.

Dass ich mir nicht verlorengehen wollte, war – das durchströmt mich jetzt förmlich – ein Glück. Plötzlich erlebte ich, dass ich es ohne Grund wert war, mir nicht verlorenzugehen. Ich bin nämlich der Sonnenaufgang und der Sonnenuntergang. Ich bin, was Himmel und Erde wollen. Ich bin das Innerste dieser Welt. Und ich bin das Umfassendste. Ich blühe in jeder Blume. Ich töne in jedem Vogelgesang. Ich bin jeder Sturm. Und jede Stille. Weder zu zählen noch zu wiegen. Ich bin.

Ich bin, also bin ich.

52

Friedensfeier, aber bald

Durch nichts zu ersetzen ist die Bestimmtheit,
wenn sie fehlt. Du kannst fast nichts lernen.
Du bist ein Aufbruch, dem nicht gesagt wird,
wohin. Wenn alle Autos plötzlich führen,
als führen sie zum selben Ziel. Kindische Wünsche.
Endlich mit den Armen nur noch umarmen, auch
die Fallensteller, die Untersteller. Den Mund
zu nichts mehr brauchen als zum Küssen. Die Hände
zum Streicheln. Zu Fäusten haben sie nie getaugt. Wenn
ich nur nicht vorsichtig werde. Ich spür ja, wie mir
der Hölderlin-Mut fehlt. Viel zu wenig frech bin ich.
Dass ich nichts mehr wissen will von den Quartieren,
in denen
das Rechthaben blüht, ist schon fast ein Verbrechen.
Umarmen,
streicheln, küssen, aber alle. Alle Fallensteller, Unter-
steller,
Verdächtiger. Mir ist zum Umarmen keiner zu
schrecklich.
Zum Unterscheiden bin ich nicht blind genug. Wie
jeder werd ich
durch Zustimmung schön. Zur Friedensfeier komm
ich, sagt mir, wohin.
Der himmlischen, still widerklingenden, Der ruhig
wandelnden Töne voll,

sei, was ist. Ich, das Echo der Freundlichkeit. Zu
hoffen ist nichts,
zu lieben viel. Überall willkommen ist niemand.
Robinson ist
ein Patron. Ich habe mich so vergangen und will
gefunden werden, wo ich am liebsten wär.

Martin Walser

Ewig aktuell

Aus gegebenem Anlass

Ein großer Schriftsteller und seine Zeit

Vom Beginn seines schriftstellerischen Schaffens an hat Martin Walser das politische und gesellschaftliche Geschehen begleitet, er hat beobachtet, teilgenommen und sich eingemischt. «Ewig aktuell» versammelt Äußerungen, Aufsätze und Reden, die in mehr als einem halben Jahrhundert aus aktuellen Anlässen entstanden sind. Er setzte sich mit Zeitgenossen – dem, was andere taten, dachten – rege auseinander, wurde zu einem scharfen Kritiker der Instrumentalisierung der Medien durch die Politik.

«Ewig aktuell» ist eine Reise durch nahezu sechzig Jahre Zeitgeschichte aus dem Blickwinkel eines großen Schriftstellers und zugleich das persönliche Zeugnis eines Beobachters, der das Geschehen nicht von einem fernen Planeten aus beschreibt, sondern sich selbst immer auch als Teil des Geschehens verstanden hat.

640 Seiten

Martin Walser

Ein sterbender Mann

Theo Schadt, 72, Firmenchef und auch als «Nebenherschreiber» erfolgreich, wird verraten. Verraten ausgerechnet von dem Menschen, der ihn nie hätte verraten dürfen: Carlos Kroll, seinem engsten und einzigen Freund seit 19 Jahren, einem Dichter. Beruflich ruiniert, sitzt Theo Schadt jetzt an der Kasse des Tangoladens seiner Ehefrau, in der Schellingstraße in München. Und weil er glaubt, er könne nicht mehr leben, wenn das, was ihm passiert ist, menschenmöglich ist, hat er sich in einem Online-Suizid-Forum angemeldet. Da schreibt man hin, was einem geschehen ist, und kriegt von Menschen Antwort, die Ähnliches erfahren haben. Das gemeinsame Thema: der Freitod.

288 Seiten

«Ein trickreiches Kunststück.»

Frankfurter Allgemeine Zeitung

MIX
Papier aus verantwortungsvollen Quellen
FSC® C083411
www.fsc.org

Das für dieses Buch verwendete Papier ist FSC®-zertifiziert.